マーダーでミステリーな勇者たち

Who killed the Saint?
And there's a culprit in there

狩人
Hunter
勇者
Hero
騎士
knight

魔法使い
Wizard
聖女
Saint
武闘家
Monk

狩人

勇者パーティーの日常
～市場にて～
武闘家

魔法使い

勇者パーティーの日常
～研究室にて～
騎士

目次

contents

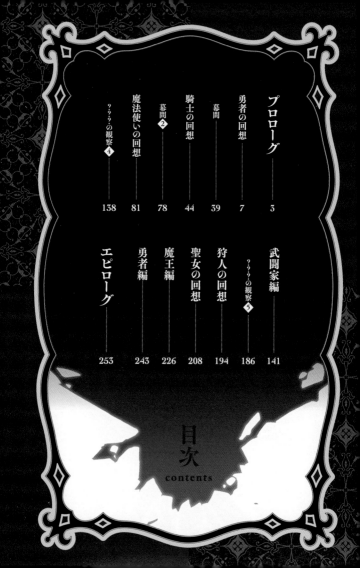

マーダーでミステリーな勇者たち

火海坂猫

GA文庫

カバー・口絵　本文イラスト
華葡。

プロローグ

かつてその場所には魔王と呼ばれるものがいた。広く、元々はその権威を示すべく豪奢《ごうしゃ》であっただろうその王の間はもはやその面影《おもかげ》もなく、焼け焦《こ》げた壁や砕けた床がそこで行われた戦いの激しさを示している。

そしてそれを成したであろう者たちが、その戦いに比するようにボロボロになったその身体《からだ》を支えながらその終わりの象徴を見つめていた。

戦士
魔法使い
武闘家
狩人

いずれも勇者の仲間として長い旅路の果てに魔王との戦いへ参加した英雄たち。

その三人がまるで傍観者のようにこの場の終わりの象徴、もはや動かぬ躯《むくろ》と化した魔王の胸元《むなもと》に聖剣を突き立てたまま息を吐く勇者をじっと見守っている。ただ一人聖女だけは両手を胸の前で組んで神の祈りを必死で念じていたが……そんなものには何の意味もない。

時間が止まったと錯覚するような静寂、やがてそれを崩すように魔王の漆黒《しっこく》の鎧《よろい》がゆっくりと背後へと倒れていく……鳴り響く金属音。その内側にあった魔王の肉体は霞《かすみ》へと消え去ったように魔王の鎧だけがその場に転がった。


「みんな」


その音が静まり返る頃《ころ》に勇者が振り返って口を開く。その表情は偉業を成したというのに少し暗くすら思える……その手で命を奪った後はいつもその表情だ。たとえ相手が人殺すためだけの存在である魔物や魔族であっても彼はその命を奪ったことを誇らない。

「僕らはついに魔王を倒した」

けれど今は、それを誇るように聖剣を高く掲げる。

「僕らの勝ちだ！」

その勝ち鬨《どき》を上げることが勇者としての彼の役目であり、そして大切な仲間たちにその実感を与えるために………そのかいもあって仲間たちも緊張を解いてその表情を緩ませる。そんな仲間の姿を見て勇者自身もようやくの笑顔を浮かべた。

これで何もかもが終わり世界は平和になる…………この時の勇者はそう思っていたはずだ。

◇

そこはかつて魔王の間と呼ばれていた広い空間だった。しかし今はそこに主は無く玉座も破壊されて跡形もない。元より広々としたその空間の中央には石造りの円卓が置かれそこは今や話し合い………弾劾《だんがい》の場となっていた。

けれどそれぞれ少し離れた位置に座る騎士、魔法使い、武闘家の三人はどこか吹っ切れたような表情で席に着き、その三人から少し離れたところに狩人が不安そうに座っている。

「この場に集まってもらったのは他《ほか》でもない」

そしてその四人に対峙《たいじ》するような位置に座る勇者が、沈痛な表情で口を開く。

「誰《だれ》が聖女を殺したか、それを明らかにするためだ」

それを口にする声色は本当に悲痛だった。まず語るその事実が勇者にとっては悲劇的であるし、その犯人として仲間を疑わざるを得ない状況も実に苦しい。

「…………」

「…………」

「…………」

「…………」

他の四人は勇者の言葉に何の反応も見せなかった。何も発さず、その表情も変えないままただ彼の顔をじっと見続ける。そんな静かな四人を前にただ彼の声だけが響き続ける。

「そのために、まず始まりから情報を整理しよう…………最初は僕から話す」

勇者の回想

三つの大国といくつかの小国の立ち並ぶ大陸レムリア。国々の間で貧富の差はあるものの平和に人々が暮らすその大陸には時折魔王という脅威が現れる。魔王は人類の敵対種たる魔族と魔物をまとめ上げて人類を滅ぼすべく侵攻を開始した。

魔王もその勢力も人を害することに特化した存在だ。故《ゆえ》にその先頭に対する適性は人類とは大きく異なり、国々は防戦するのが精一杯……けれど人類側にも反撃の手立てがないわけではなかった。

聖剣に選ばれた勇者と各国から選《え》りすぐられた実力者たち。

その僅《わず》か六人の一行が魔王を倒す旅に出て、それから一年が経《た》っていた。

◇

魔王を倒すための旅は長く険しいものだった。魔王領に入ってからは食糧の補給もままならなかったし、四六時中襲い来る魔物たちに僅かな距離を進むのも死の危険が伴った。

そしてようやく辿《たど》り着いた魔王の城の中では無数のトラップや随所に潜む魔族たちに悩まされた。それでも何とか消耗を抑えて魔王のところまで辿り着けたのは罠《わな》に対する嗅覚《きゅうかく》の鋭い狩人と、その仕組みに対して造詣深い魔法使いのおかげだろう。

魔王との戦いは激戦と呼ぶのも生易しいものだった。魔王の強さは過去の勇者の伝承から学んでいたが直接対峙《たいじ》するとそれ以上に感じられた。唯一違ったのは魔王が魂を切り裂くという大鎌を使わなかったことくらいだが、その代わりに使用していた漆黒《しっこく》の大剣も恐ろしい頑丈さと切れ味を併せ持っておりこちらの防御を紙のように破った。

それでも魔王を倒した僕らではあるが余力など残っていない。普段なら簡単に対処できる魔族や魔物であっても今であれば苦戦してしまうことだろう。

「今日はこの城で休息を取ろうと思う」

だから魔王の亡骸《なきがら》を聖女が浄化し、一息つけたところで僕はそう提案した。魔王城には生活のための機能が殆《ほとん》どないようだったが、それでも雨風しのげるだけ野営よりはマシだ。部屋数だけはあるようだったし一人で休める空間があるだけで随分違う。

「賛成………というか今日だけと言わず数日の滞在を提案する。帰還する前にこの城の調査はしっかり行うべき」

僕の提案に最初に頷《うなず》いたのは魔法使いだった。黒ずくめのローブに特徴的な広いつばの三角帽子。長い前髪から覗《のぞ》くその瞳《ひとみ》は知識への好奇心に煌《きら》めいているように見えた。

魔王や魔族の文化やその技術についてわかっていることは少ない………その点から見ればこの魔王城は貴重な資料であり彼女の興味を惹《ひ》くのはわかる。

「私も調査には賛成だ。魔王は倒したがこの城に魔族の生き残りがいないとは限らない」

次に賛成の言葉を口にしたのは騎士だった。その身に纏《まと》う白銀の鎧《よろい》は激戦の後でも白い輝きを失っておらず、後ろに束《たば》ねたその長い金髪もその心に纏った規律のように一糸乱れるような様子もない。

「この城の魔族を全《すべ》て倒したことは私の魔法で確認している。無駄な行為に労力を使うより人類も知らない有用な知識を見つけることに時間を使うべき」

「私も別に魔法使いの魔法の実力を疑ってはいない。ただ、探知の魔法を阻害するような機能を持つ隠し部屋があるのではないかと疑っているだけだ」

「探知を阻害されれば私にはわかる」

「それすらもわからない特殊な部屋の可能性だってある………何せお前の言う通り魔王や魔族の技術には私たちも知らないものがあるだろうからな」

「…………」

反論に次ぐ騎士の反論に魔法使いが不快げに押し黙る。あの二人はあまり相性が良くないのか、露骨ないがみ合いはしないがよく意見をぶつけ合う。

「僕はおにーちゃんの意見に従うよー」

そこに気の抜けたような幼い声が割りこんで響く。その流派を示す紋章の入った武道着を着る三つ編みの少女の容姿は声に見合った幼い姿……しかし彼女、武闘家の実力はその容姿に反して確かなものだ。おまけに僕を兄と慕ってくれていてその行動を委《ゆだ》ねてくれることも多い。

「私も勇者様に従います。あなたの行いこそが正しき道に繋《つな》がっていると私は信じていますから」

それに続いて柔らかい声が響き、僕は安堵《あんど》したような気分でその声の主《あるじ》を見る。魔法使いとは対照的な透き通るような白いローブに身を包んだ少女。その髪や肌までも汚れない白で形作られたその姿は正に聖女と呼ばれるに相応《ふさわ》しいと思う。

「私は別に勇者に逆らうつもりはない。その方針には最初から従ってる」

「それは私も同じだ」

それに魔法使いと騎士が対立を止めて即座にこちらに視線を送ってくる。その視線は明らかに自分の意見を肯定するよう僕に求めているけれど……そもそも二人が争う意味がないと僕は思うのだ。

「えっと二人ともこの城を調べるって意味では同じ意見なんだよね？　だったら別に両方調べればいいと思うんだけど」

どちらの意見が間違っているわけでもないのだからそれで解決だ。魔法使いを疑っているわけではないが騎士の警戒は不測の事態を防ぐものだし、二人が違う視点から城を調査するならそれこそ魔法使いの見つけたい知識だって発見しやすいように思える。

「「………」」

二人は答えなかったが反論もしなかった。優柔不断と僕に呆《あき》れているのかもしれないが対立が収まったならそれでいい………と、そこで僕はもう一人の意見を聞いていないことを思い出す。

「狩人はどう思う？」

「え、私？」

視線を向けると彼女は戸惑うように僕へ視線を返した。ショートカットの髪に日に焼けてやや色黒な肌。関節を守るために魔獣の革で作られた膝《ひざ》当てや籠手《こて》を除けば村でも見慣れた森で動きやすい狩人の軽装だ。

「私は………私も、勇者君がそれでいいなら従うよ」

そう答える声はどこか諦《あきら》めが交じっているように感じられた………恐らく、本当はすぐにでも帰りたいと口にしたかったんだろうと僕は思う。幼馴染《おさななじみ》でもある狩人のことを僕はよく知っている………本当はこんな勇者一行なんて不釣り合いなのに、僕のために無理をして同行してくれたのだ、狩人は。

それぞれの国で要職に就く仲間たちと違って、僕と狩人だけは何の変哲もない村人でしかなかったのだから。

「それじゃあしばらく休息と調査を兼ねてこの城に滞在するってことで……そうだね、調査に関しては三日を目安にしよう。その結果次第で滞在時間を延ばすか打ち切りにするかを決める」

異存はないかと視線を巡らすと、狩人も含めて皆同意するよう頷いた。もちろん僕にも気掛かりがなかったわけじゃない……けれど、魔王を倒すという最大の仕事はもう終わったのだ。

後はもう世界は良くなっていくだけ、そう僕は信じて疑っていなかった。

◇

その日の夜はささやかながら祝勝会とした。流石《さすが》に魔王を倒した当日から城の調査を始める気にはならなかったし、重い責任を終えたのだから少しばかりはしゃぐ機会を作りたかったのもある。

もちろん祝勝会といってもそんな大それたことはできない。酒を解禁して夕食の内容を普段よりも豪勢にするだけだ……ただそれでも道中での食事を考えれば贅沢すぎると思えるものだった。

「でもこの城に食糧の蓄えがあって本当に良かった」

塩漬けにした豚肉を焼いたものを一切れ手に取りながら僕はそう口にする。噛《か》み締《し》めた豚肉は程よい塩加減で甘い脂身《あぶらみ》が口の中にじゅうっと広がって美味《うま》い。魔王領に入ってからはまともな野生動物など見かけたこともなかったので、干し肉以外は久しぶりだ。

「手持ちに余裕があれば手を付けたいものではなかったがな」

ちまちまと麦酒を口にしながら騎士が呟《つぶや》く。あの麦酒は確か彼女が持参していたものだ。健啖家《けんたんか》の彼女であったはずなのに食が進んでいないのは、その言葉が示すとおりに警戒が抜けていないからだろう。

今日の夕食に使われている食材の大半はこの魔王城に保存されていたものだ。魔王に挑むまでの道中に偶然物置らしき場所で見つけたもので、その時は警戒して放置したが後で調べたら問題なさそうなので使うことにしたのだ。

「危険がないことは確認済み。騎士も勇者のように素直に私を信じるべき」

自分の言葉の正しさを示すように魔法使いが塩漬けの野菜をパクパクと口に運ぶ。

「お前の実力だけは私も信用しているとも」

実力だけ、という所に力を込めて騎士が返し、焼いた魚の干物に手を伸ばす。

「でもさー、なんで魔族が住んでる所に僕たちが食べられる食糧があったのかなあ？」

もぐもぐと頬《ほお》を膨らませながら武闘家が疑問を口にする。

「確かに、おかげで助かりましたけど私も不思議だと思います」

聖女もそれに同意するように口を開く。その手には少し硬いパンが握られていて、彼女はそれを少しずつ千切《ちぎ》りながらスープに浸して口へ運んでいた。

「うん、それは確かに気になってた」

僕も続いて頷く。そもそも魔族という存在は食事をとらないと聞いている。食物を取り入れなくともこの世界に満ちている魔力を吸収するだけで生きていけるらしく、当然人間のような食文化なんてものはない。

「捕虜のためじゃないか？」

「魔族が捕虜を取ったなんて話は聞いたことがない」

騎士の意見を即座に魔法使いが否定する。実際に彼女の言う通り僕もそんな話を聞いたことは無かった。魔族というのは基本的に人間を害することだけが目的のような生き物でそれに慈悲をかけるなんてことはありえないからだ。

「ただ」

少し眉《まゆ》をひそめて魔法使いが続ける。

「何かの実験目的という可能性はあると考えるべき」

食事中だからと気を遣《つか》ったのか魔法使いは言葉を少し濁したが、その対象が人間であるのは容易に想像できた。そういった返還するつもりのない目的の捕虜であったら、これまで知られなかっただけでいた可能性は確かにある。

「えっと、本当に大丈夫なのよね？」

その話に少し不安を覚えたのか狩人が食べる手を止めて尋ねる。

「問題ないと言ったはず。不安なら食べなければいいだけ」

「あ、え………ごめんなさい」

切り返された言葉に狩人が弱々しく謝罪を口にする。騎士であればさらに言い返すところだが、彼女にはその気概がない。

「そういえばさ、みんなはこの旅が終わったらどうするの？」

これは不味《まず》いと思って僕は話題を変えるようにそう口にする。せっかくの祝勝会のなのだからやはり明るい話題を話すべきだ。

「私は当然王国の騎士団に戻る………団長も高齢だからな。実は今回の功績を持って団長職を引き継がないかと旅の前に打診されている」

「それはすごいじゃないか！　おめでとう！」

僕は素直に騎士のその栄転を喜んだ。元々騎士は王国騎士団の副団長を務めているので順当に出世した形だ。以前に女性であることからやっかんでいる同僚も多いと愚痴っていたこともあるが、魔王討伐の功績はそんな批判を一蹴《いっしゅう》することだろう。

「ああ、ありがとう」

けれどそう答える騎士の表情はあまり嬉《うれ》しそうには見えなかった。それは不思議ではあったがこの場で尋ねるようなものではないように思えて、僕は視線を騎士の隣へと向けた。

「武闘家は？」

「んー、僕はおにーちゃんのお嫁さんがいいなあ」

「えっ⁉」

無邪気に口にする少女に僕は言葉に詰まる。日頃《ひごろ》僕を慕ってくれる姿勢を隠さない武闘家ではあるけれど、その発言は少しばかり困る。僕も彼女を好んではいるけれど、それは妹に対するような感情であってそれ以上ではないのだ。

「あはは、冗談だよおにーちゃん。僕も国に帰って道場の仕事をすると思うよ」

朗らかに笑う武闘家に僕は安堵したように息を吐く。ちらりと聖女に視線を向けると目が合ってお互い思わず視線を逸《そ》らした。

「私は国に戻って研究をする。本来私のような人間は無粋な戦いなどではなくその知識を生かす仕事をするべき」

「そういえば魔法使いは国からの要望を断れなかったんだっけ」

騎士は直接王から命じられて従ったらしいし、武闘家も育ての親を通じて王命が下ったそうだ。しかし騎士は王から命じられた使命に誇りを持っているようだし、武闘家もそれを嫌そうな表情を見せたことは無かった。

残る聖女も自分から教皇に志願したと聞いているし、狩人は僕を心配して付いてきたので誰《だれ》からか強制されたわけじゃない…………むしろ反対されていたくらいだ。

「でも、この旅自体は悪くなかった」

少し考えこんでしまった僕の様子に魔法使いがフォローを口にする。けれどその言葉自体は嘘《うそ》じゃないようで、口にするその表情は悪いものではなかった。

「狩人は？」

「私はもちろん…………と村に戻るよ」

間の言葉は小さくて聞こえなかったが、確認しなくても僕にはわかっていた。最近ははっきりと口にすることは無くなったが、村を出た当初は事あるごとに口にしていたのだから。

「えっと、聖女は？」

けれどそれにはあえて触れず僕は最後に聖女へと尋ねる。

「私も神殿に戻ります。魔王が倒れても救いを求める方々はまだおられますから」

「そうだね」

聖女のその返答も半ば僕はわかっていた。皆故郷での役割があるのだから魔王を倒すという目的が果たされれば元の役割に戻るだけだ…………聖女であれば、教会に救いを求める人々へと手を差し伸べる役割に。

「ですが、その」

けれど聖女は少し迷うような口調で言葉を続けた。

「それについて少し二人で話したいことがあるのです」

「えっ」

言葉と裏腹にその視線は真っ直《ま》ぐ《す》に僕へと向けられていた。

「そ、それはこの場ではできない話ってこと？」

「はい」

逃げ道を探すような僕の言葉にもはっきりと聖女は頷く。思わず周囲を見回すと騎士も魔法使いも武闘家も、聞いてはいるけど我関せぬというようにこちらから視線を外している。狩人も聞かないふりをするように飲みなれない麦酒を一気に飲み干していた。

「わかったよ」

なんとか動揺を抑える努力をして僕は頷く。

「後で僕が部屋を訪ねればいいかな？」

本来であれば要件のある側の聖女から訪ねるのが筋だろうけど、受け身のまま事を進めたく無くて僕はそう提案した。

「はい、勇者様にお任せします」

そんな僕のささやかな意地を聖女は柔らかな笑みで受け入れる。

彼女の無残な死体を僕が目にしたのは、それから三時間後のことだった。

◇

個室として使えそうな部屋がいくつかあったので、祝勝会の後は部屋を割り当てて休むことにした。ほとんどがベッドも無いような無機質な部屋だったが、壁に囲まれて寝られるだけ野営に比べればマシだった。

割り当てられた部屋で荷物を下ろし、久方ぶりの満腹の腹ごなしにと僕は少し身体《からだ》を動かした………正直に言えばこの後に控えていることで心が落ち着かなかっただけだ。

会いに行く時間は特に示し合わせてはいなかった。ただ一時間ほど経ってから何となくそろそろかなと思って、僕は聖女のいる個室へと行こうと自室を出た。

時刻はそろそろ日付が変わろうという時間だが魔王城には窓が無いのでその風景も変わらない。石造りの廊下には光源も置かれていないが、素材となった石自体が僅かに発光していて歩くには困らなかった。

聖女は僕のいた部屋から五分ほど歩いたところにある個室にいるはずだ。できれば皆で近い場所に集まりたかったけれどちょうどいい個室が揃《そろ》っていなかった………いや、あるにはあるのだけど流石に潜んでいた魔族を皆殺しにしたような部屋で寝泊まりしたくはない。

コンコン
聖女の部屋の前に立ってその扉をノックする。扉は金属質な材質で何かの紋様のような装飾が施されていた。魔法使いによれば特に魔法的な働きは無いらしいが、それが何かしらの魔族の意匠であると思うとやはり不気味に思える。

「聖女？」

ノックしても返事がなく思わず僕は声を掛けた……………けれどやはりそれに対する返事もない。

尋ねる約束はしたものの時間を示し合わせたわけではないので、偶々《たまたま》部屋の外に出ている可能性もあるし、時間が遅いから勇者を待つうちに眠ってしまった可能性だってあった。

「聖女、入るよ」

そのどちらも中に入れば確認できる。もう一度声を掛けて僕はドアノブに手をかけた。それで聖女がいなければ部屋の前で待っていればいいし、眠っているなら起こせばいいだけだ。

「!?」

正直に言えばそれからのことをあまりよく覚えてない。覚えているのは倒れ伏す聖女から赤い血溜《た》まりが広がっていて、直感的に彼女が死んでいることを理解してしまったことだけだ。

だってこれが魔王を倒す前ならば僕にも覚悟はあった。けれどすでに魔王を倒してこれから世界は良くなっていくだけのはずだったのだ。

つまるところ僕は完全に油断していて、聖女の死という事実にこれ以上ないくらい心を打ちのめされてしまって…………僕は意識を手放した。

最後に、胸元《むなもと》で何かが開いた音を聞いた気がした。

◇

「これをあなたに持っていてほしいんです」

「こんなもの…………縁起が悪いよ」

「ですが、必要になる可能性は高いです」

「…………」

「もちろんそれと同じものが神殿にも保管されています…………でも、できれば私はあなたに最初にそれを知って悼《いた》んでほしいと思います」

「……………わかったよ」

「ありがとうございます」

「でも」

「？」

「これは預かるだけだ……………この旅が終わったら必ず返す。そのために僕は全力で戦うし、君もそうなるように努力してほしい」

「はい、私も別に死にたいわけじゃありませんから」

「ああ、僕だって死にたくない」

「みんなで、帰りましょう」

「ああ」

それは遠い夢。まだ世界に希望があると僕が思っていた頃の夢。

◇

「勇者、おい勇者っ！」

気が付けば騎士が僕の肩を強く摑《つか》んで揺さぶっていた。それで前後の状況を思い出してしまい僕はそれが現実であることを呪《のろ》った…………直前に見ていた夢のことを思えば正に皮肉でしかない。

「なにがあった」

「なにがあったって…………」

なんでわざわざ確認するのかと非難がましい視線を僕は返す。聖女が死んでいてその事実に耐えられず僕は呆然《ぼうぜん》としていた…………それ以上の事実などないのに。

「聖女が死んで動揺しているのはわかる…………だが君から聖女の死に遭遇する前後の話を聞かないと私たちも状況を先に進ませることができない」

私たち、という言葉に僕は周囲を見回す。そこには騎士だけでなく武闘家と狩人との姿もあった。そして魔法使いは聖女のその死を確認するようにしゃがみ込んで動かぬ彼女の全身に視線を巡らせていた。

「今、時間は？」

「朝だ。念のために異常がないか見回りをしていて私が君を見つけた…………その様子から何が起こったかは想像できたからな、君への気づけの前に皆を呼び集めた」

「…………そう」

つまり聖女の部屋にやって来てから五、六時間は経っていることになるが、外が見えないのでまるで時間が経ったようには思えなかった。

「日が変わる頃に聖女を訪ねて、声を掛けても返事がないから入ったらああなってた」

事実だけを端的に告げるように僕は口にする。だが端的にせずとも事実はそれだけだ。僕は倒れる聖女に駆け寄ることすらしなかったのだから。

「わかった」

騎士は深く問《と》い質《ただ》すようなこともなく頷いて僕の肩から手を離した。それに視線を横へ向けると魔法使いが立ち上がってこちらへと歩いてくるところだった。

「どうだった?」

目の前まで来た魔法使いに騎士が尋ねる。魔法使いはちらりと僕に視線をやってから騎士へと視線を戻して口を開く。

「死因は斬殺で間違いない。回復した様子もないから恐らく即死。犯人に繋がるような痕跡は特に見つからなかった」

それが誰の死因なのかは尋ねるまでもない。

「誰が、そんな………」

思わず僕の口から言葉が漏《も》れる。しかしそれはこの場の全員が共通して抱いている疑問のはずだった。

「やっぱり魔族の生き残りがいたのかな」

考えられる犯人は他《ほか》にいない。

「それはない」

けれどそれを即座に魔法使いが否定した。

「それは、自分の探知魔法に自信を持っているから？」

魔族の生き残りがいるかどうかで彼女が騎士と言い争ったのはつい最近のことだ。

「それもある。騎士もだけど勇者も私の魔法技術をもっと信用するべき」

「…………してるよ」

魔法使いには僕の知識不足を冷たく指摘されることもあったが、その言葉はいつも正しかったし、彼女ができると言ったことで期待を裏切られたことは無い。

「ならいい」

澄ました表情で頷くと魔法使いは続ける。

「話を戻す…………仮に魔族の生き残りがいたとして聖女を殺すことはできない」

「それはなぜ？」

「まずこの部屋は聖域になっている」

魔法使いが部屋の端へと視線を向けるとそこには小さな祭壇が作られ神を象《かたど》った小さな像が置かれていた。それは聖女が旅の間も大切に持ち運んでいたもので、拠点を築いた時や野営の際には必ず組み立てていた。僕らが道中に夜の襲撃をあまり気にせずに済んだのはそれのおかげだ。

聖女によるその祭壇は周囲に聖域を作り出し邪《よこしま》な存在を拒絶する。弱い魔物や魔族であれば近づくことすらできないし、強者であっても聖域の中では弱体化する上にその侵入は即座に明らかとなる。

「あ」

魔法使いの言わんとするところに僕は気づいてしまった。

「そう、この聖域の中であんな風に聖女を殺すことは魔族には不可能。侵入すればすぐにわかるし、それでは回復の暇もないほどの不意打ちなんてできるはずもない…………つまり、これは顔見知りの犯行」

聖域の中でも行動に問題なく、聖女が安心して部屋へと招き入れる相手。そんなものは顔見知りの人間しかおらず、そしてその対象となるのはこの城の中には五人しかいない。

もちろん斬殺という点に絞れば普通は剣を持つ僕と騎士がさらに疑わしくなる…………しかし魔法使いだって風の魔法で相手を斬り殺せるし、武闘家の蹴《け》り技には斬撃を起こすようなものもある…………村人同士の殺人ならともかく僕らのようなレベルになると斬殺という括《くく》り程度では犯人特定には繋がらない。

「そんなこと、あるはずない」

しかしその理屈が正しいと頭が理解しても、僕は否定の言葉を口にしないではいられなかった。確かに僕らのパーティに不和が無かったとは言えない………それでも仲間としてここまで協力してやって来たのだ。

その中に殺したいほど聖女を憎んでいた人間がいたなんて考えたくない。

「事実は認めるべき」

そんな僕とは対照的に魔法使いは冷淡に言葉を紡《つむ》ぎ
「聖女は私たちの中の誰かが殺した」

僕が逃げることを許さないというように、はっきりとそれを口にする。

「それなら………もっとも疑わしいのは僕だ」

それでもその現実から目を逸らすように僕はそんなことを呟いていた。もちろん僕にはそんな覚えはないが、客観的に見ればそれも事実だ。単純にこの場で聖女の死に一番近いところにいたのは僕である。

死んだ聖女を見つけたことで呆然としてたのではなく、殺したショックで呆然としていたのだと問われれば僕には否定する材料は無い。

「勇者」

諭すような声を僕へと騎士が向ける。

「君がそんなことをできる人間ではないと私たちは知っている」

その視線がこちらを気遣うように優しくて僕は戸惑う。農村育ちで勇者としての自覚も責任も足らない僕はいつも彼女に厳しく窘《たしな》められていたからだ。もちろん命を預ける仲間として信頼関係は築けていたけれど、その立ち位置は変わっていなかった。

「ショックを受けて自棄《やけ》になるのもわかるが、自ら立場を悪くしようとするのは頂けない」

「僕はそんなつもりじゃ……」

否定しようとしてその通りであることに自分でも気づいた。誰かが疑われるくらいなら自分が疑われようなんて思考は自棄になっていないとできない……仲間を信じるのならば真実を明らかにするために行動し、その上で疑いを晴らすべきなのだ。

「ごめん」

ようやく頭が少し落ち着いて僕は謝罪を口にした。

「ああ」

そっけなく、しかし優しい声で騎士が返す。

「全く、勇者はもう少し自分がどう思われているかを自覚すべき」

呆れるような声で魔法使いに続けられて僕は苦笑する。仲間からの信頼を信じられないのでは確かにパーティのリーダーとしては呆れられても仕方ない。

「よし」

僕は一度目を瞑《つむ》り、息を吐いて気を引き締める。聖女の死という現実は未《いま》だに重たく心を絞めつけているけれど、今はそれを抑えて事態を解決することが求められているのだ。

「みんなで一度状況を整理しよう」

聖女を殺した犯人が仲間以外であることを証明し、これ以上の犠牲なくこの城を去るために。

◇

流石に話をするのに部屋は別へ移した。魔王城は部屋数こそ多いものの人の城であれば必ずあるような部屋がほぼない。集まって会議をすることもなかったのかそういう機能の部屋も存在せず、仕方なく僕たちは最も広い魔王の間に魔法で円卓を作り出して話し合いをすることにした。

「勇者君、大丈夫？」

横道に逸れた思考が物思いにふけっていたように見えたらしく、狩人が心配そうな表情を向けてくる。

「大丈夫だよ」

安心させるように笑みを返しつつ僕は自分を戒める。思考が横道に逸れるのは本題から逃げようとしている証拠だ……気を引き締めたばかりだというのに情けない。

「それじゃまず起こったことを確認していこう」

「少し待つべき」

まずそう提案した僕に魔法使いが待ったをかける。

「魔法使い？」

なぜ、という僕の視線に彼女は真っ直ぐな視線を返す。それは確固たる意見がある時の彼女の表情で、そういう時に魔法使いは間違ったことを口にしたことは無かった。

「話し合いの前に知らせておくべきことがある」

そういうと魔法使いは懐《ふところ》から一冊の本のような物を取り出した。装丁やタイトルらしきものも見えないところを見ると個人的な日誌などの類《たぐい》だろうか。

「これは魔王の………いわゆる日記に分類されるもの」

「⁉」

流石にそれは僕を含めた全員が驚く。少なくともこれまで確認した限り魔族たちにはそういった文化的な習慣は無い。魔王は厳密には魔族とは別の種ではあるらしいが、概《おおむ》ねその生態は魔族と変わらないものと僕も聞いていた。

「そんなものがどこに？」

「道中で書庫のような場所を見つけたのは覚えているはず。私は祝勝会の前後の時間をその書庫の調査に当てていた………そこで見つけた」

確かにそんな場所があったことは僕も覚えている。種としての文化がほとんど感じられないこの魔王の城で、蓄えられていた食糧と同じく違和感があったからだ。その時は魔王の下を目指していたので軽く見回した程度だったが、概ね置かれているのは人間の刷った本だったように思う。

「待て、それが本当だとしたらそれは貴重な資料ではあるが……現状の解決すべき問題とは関係ないんじゃないか？」

「それをこれから話す。無駄口を叩《たた》く前にまずは聞くべき」

魔法使いは話の腰を折るなというように騎士へと冷たい視線を向けた。流石にそれに騎士はむっとした表情を浮かべるが、ここで口論してもそれこそ時間の無駄だと思ったのか唇を固く結んで押し黙る。

「それで、それは聖女が殺されたことにどんな関係があるの？」

彼女の我慢が利《き》いているうちに話を進めねばと僕は魔法使いを促す。

「この日記の内容を要約すると、魔王の勇者に対する愛情と彼女が人間になるための研究について書かれている」

「は？」

思わず僕は口を開ける。それは他の皆も同様だったようで、固く唇を結んでいたはずの騎士ですらそれが緩んでぽかんとしてしまっていた。

「え、それはどういう？」

言葉の意味は理解できているが、だからこそ僕は理解できずに魔法使いを見る。

「私もこれを見つけた時は困惑した。けれどその内容は今述べた通りで間違いない………私が今までこれを秘匿していたのもそれが理由」

確かに祝勝会をしている時にそんな事実を明かされれば困惑で水を差される形になっていただろう。内容的にも荒唐無稽と思われかねないし、実際に僕は魔法使いが悪ふざけをするような人間じゃないと知っていても信じ切れないでいる。

「ねーねー、魔王が勇者のことを好きなのは良いとしてさー………それが聖女の殺されたことに関係あるとは思えないけど？」

話が進まないと思ったのか、ネタバラシをせがむ子供のように武闘家が先を促す。それに魔法使いが僕に視線を送ったので構わないと頷いた。

「重要なのは魔王が人間になる研究をしていたという点。魔王のままでは勇者とは結ばれないからある意味当然の研究」

「だ、だけど魔王はもう死んだよね？」

恐る恐るというように狩人が口を挟む。それに魔法使いは再び話の腰を折るなという表情を浮かべるが、相手が騎士ではなく狩人だったこともあって剣呑《けんのん》な言葉を吐くことなく呑《の》み込《こ》んだ。

「確かに魔王は私たちが倒した…………けれど、それ自体が魔王の目的だったとしたら？」

「それはどういう意味だ？」

「つまり彼女は死ぬことが目的だった。なぜなら魔王という存在を肉体的に人間にすることなど不可能だから」

「…………魔王が勇者と無理心中でも望んでいたとでも言いたいのか？」

困惑したように騎士が顔を歪《ゆが》める。魔王が人間になることが不可能であれば僕と結ばれることが無いのは確定的だ…………もちろん人間になれたからってそんな可能性があるかはわからないけれど、少なくとも人間にならない限り可能性はゼロだろう。

だから愛する僕を殺した自分もその後に死のうと無理心中を図る…………その状況自体を作るのは至極簡単だ。なにせ彼女は魔王で僕は勇者なのだから放っておいても勝手に心中相手がやって来る。後は全力で迎え撃つだけだ。

「違う」

けれど魔法使いはそれに首を振る。

「魔王は殺される気があっても勇者を殺す気は無かった…………その証拠に今思えば魔王は明らかに私たちに手加減していた節があった。少なくとも伝え聞いていた武装のいくつかを使用しなかったことは理解して然《しか》るべき」

「む」

それには騎士も気づいていたのか反論はしなかった。僕もそのことには気づいていたが、過去の戦いの際や復活までの間に失われて使えなかっただけだと考えていた…………普通に考えてこちらに手加減する理由などないからだ。

「肉体的に人間になるのが不可能と結論を出した魔王は代わりに人間の身体を奪う方法を研究していた…………それは殺されて魂だけの状態となることで憑《と》りついた相手の身体を奪うことができる魔法」

「⁉」

そこまで聞いてようやく僕は魔法使いが言いたいことが理解できた。

「つまり魔法使いが僕らの中の誰かが魔王に身体を奪われていて…………それで聖女を殺したって言いたいの？」

「得られた情報と状況から判断すればそう考えるべき」

その考えに微塵《みじん》の疑いもないというように彼女は頷いた。

「さらに付け加えるなら容疑者は勇者と私以外の三人」

騎士、武闘家、狩人の順へと魔法使いが視線を向ける。

「えっと、僕が除外の理由は？」

「人間になって勇者と結ばれたいのにその身体を奪うわけがない」

それは確かにそうだと僕も納得する。

「ならお前自身を除外する理由はなんだ」

明らかに棘《とげ》のある声で騎士が問い質した。

「仮に私が魔王であるならこんな情報を明かさない………人に尋ねる前にこれくらいのこと考えるべき」

「それは、お前が見つけたというその本の内容が本物だったとしたらだろう」

魔法使いの嫌みに騎士は彼女の言い分の根本に対する指摘を返す。

「どういう意味?」

「そのままの意味だ」

明らかにトーンの下がった声色の魔法使いを見下ろすように騎士が答える。

「お前が語った内容が虚偽でないと誰が保証する」

「私は説明のために内容を要約したにすぎない。信用できないなら自分で確認すればいい」

魔法使いはそう答えて魔王の日記を差し出すが、騎士は一瞥《いちべつ》しただけで受け取ろうとはしなかった。

「そもそもそれ自体が本物かどうか疑わしい」

内容以前の問題なのだと騎士は自身の意見を口にする。

「これまで粛々と人類を滅ぼすためだけの存在であったはずの魔王が突然勇者への愛に目覚めたなどと考えるより、それをお前が偽造したと考える方が可能性は高いだろう」

騎士の指摘はもっともであるように僕には聞こえた。実際に日記の内容は魔王について知られている情報とかけ離れていてそれが魔法使いの言でなければ僕も信じなかっただろう。客観的に見れば偽造であると考える方が確かに正しく思える。

「私にそんなことをする理由はない」

「聖女を殺した犯人を他人に押し付け、自分は容疑者から外れられるだろう」

否定する魔法使いへと冷淡な視線を騎士は向ける。

「そんな陳腐な真似《まね》をするほど私が愚かだと？　自分の好悪で判断せずに公平に相手の能力を見るべき」

「公平に見ているとも、能力を別としてお前は信用に値しない」

「騎士!?」

流石に堪《たま》りかねて僕は口を挟む。すると彼女は僕へと真摯《しんし》な表情を向けた。

「私が信用しているのは君とあとは狩人くらいだよ…………殺されなければそこに聖女も入っていたのだけれどね」

「そんな…………」

「これは私だけじゃなくて魔法使いや武闘家だって同様だろう」

それに僕は思わず二人を見るが、魔法使いと武闘家はそれを否定しなかった。普段は誰にでも親しくしている武闘家ですら笑みを浮かべつつ無言で見返してきたことが僕にとっては衝撃だった。

「それでもこれまでやってこれたのは魔王討伐という共通の目的があったからだ。その目的が果たされるまでは互いに戦力として必要で…………それが終わったから気兼ねなく邪魔者を排除できるということなんだろうさ」

それで聖女は殺されたのだと、騎士はそう言いたいらしい。

「邪魔者って、仲間なのに！」

僕は誰かがそれを否定してくれることを願って叫ぶが…………やはり誰からも否定の言葉が帰ってくることは無かった。

「残念だが」

憐《あわ》れむように騎士が僕を見る。

そして残酷にその事実を告げた。

「私たちは最後まで仲間にはなれなかったんだ」

幕間

「その後から僕たちはバラバラに行動するようになった」

そこで話を一旦《いったん》区切って勇者は皆を見回した。もちろん誰《だれ》もがその後接触しなかったわけではないが、それから全員が揃《そろ》ったのはこの場が初めてであるという。

「だからみんなにはその後の行動を話してもらう必要がある」

つまりはその必要があるというわけだが、勇者の視線を受けた誰もが自ら口を開こうとはしなかった……それはつまり話せないような疚《やま》しいものを抱えているというわけだが、同時に全く話をしないつもりでもない様子だった。そもそもそれならこの場に集わないだろう。

「勇者」

けれど少ししてから魔法使いが口を開いた。

「私たちは黙するつもりはない……どうせあなたには知られているから」

そう、聖女が死んでから全員が揃うのは初めてだが、その後に起こったほとんどの出来事には勇者は関《かか》わっているのだ。

「ただ、自分からは少し話しづらいとも知るべき」

だがたとえすでに知られているのだとしても、自ら話したい内容でなければやはり話しづらいのは変わらない。それを口にするにはあと一押しが必要なのだ。

「えっと、つまり？」

「自発的に話すことを望むのではなく勇者に指名してほしい」

その提案に勇者は他《ほか》の三人を見るが、反対の意見は無いようだった。

「……………わかったよ」

少し落胆したような表情で勇者は頷《うなず》く。彼としては仲間を詰問するような形にはしたくなかったのだろう。

「とはいえ情報を整理するならやはり時系列順であるべき。始まりを勇者が話したのだから次に起こった事件の当事者の話を聞くべきと私は思う」

「っ、魔法使い！」

「他意は無い。私は純粋に助言しただけ」

思わず声を荒げた騎士に魔法使いは冷淡に返した。それ自体は確かに事実なのだが、勇者に委《ゆだ》ねると提案した上で実質指名されれば当事者が憤るのも無理はない。

「二人とも、やめて」

心底悲しそうに告げる勇者に騎士は憤りを抑え、魔法使いもばつが悪そうに視線を逸《そ》らした。

「言い方は少し悪かったけれど、魔法使いの意見は正しい」

少し躊躇《ためら》いがちに勇者はそう口にする。

「だから、悪いけど騎士から話してほしい」

「わかった」

騎士は諦《あきら》めたようにではなく、覚悟を決めたように立ち上がる。それが自身の不利益《ふりえき》であろうとも自分の責任から逃げないのは旅の間から知っている彼女の強さだ。

「だが私の過ちを話す前にまずこれだけは明らかにしておきたい」

騎士は皆を見回すのではなく、勇者にだけ視線を向けた。

「私は勇者を愛している」

その告白に勇者が息を呑《の》み、他の三人も一様の反応を見せた。

魔法使いは冷淡に目を細め、
武闘家は作られたような笑みを顔に張りつけ、
狩人は狼狽《ろうばい》したように勇者を見る。

そんな彼女らの様子を当の騎士は目もくれず、告げておくべきことは告げたというように本題を話し始める。

「そうだな、それでは勇者と別れた後から話すとしよう」

騎士の回想

聖女が殺されたという事実は私にとっても衝撃的なことだった。朝の見回りの最中に忘我の状態にあった勇者を見つけてすぐに殺された彼女を見つけたわけだが……正直に言えば私もそこで何もかも忘れて呆《ほう》けていたかった。しかしそんなわけにもいかないから勇者を叱咤《しった》して正気を取り戻させ、今後の方針についての話し合いの場を持たせたのだ。

しかしその結果に関しては勇者にも困ったものだと私は思う。リーダーとして仲間を信じるのは大切ではあるが無条件に信じればいいというものではない。誰《だれ》が相手でも疑わしき問題は疑うべきだし、その結果によっては罰することも必要だ……まあ、それができないのだからこそ私は惹《ひ》かれたのだから今更という話ではあるが。

「さて、勇者はどこにいるかな」

自室に定めた部屋の扉をくぐり私は廊下に出る。私たちの不和が決定的に明らかになった後にも勇者は結局この城に留まることを決めた。

魔法使いはその主張通り魔王が憑《と》りついている人物を見つけると宣言し、私はそれが虚偽であり彼女が聖女殺しの犯人である証拠を探しだすと返してやった。

そして勇者は私たちがどちらも間違っていることを証明することを選んだ。聖女殺しがそれこそ魔族の生き残りのような第三者の犯行であることを証明したいらしいが…………実際のところその可能性は低いだろう。

気に入らない相手なので皮肉を返してはいたが、私自身が口にした通り魔法使いの実力だけは信用している…………あいつが生き残りはいないと断言したのだから、この城に聖女を殺せるような魔族は存在しまい。

「む、あれは狩人か」

少し廊下を歩いていると恐る恐る前方を確認しながら歩いている狩人の姿が見えた。やれやれと思わないでもないが元は勇者と同じ農村の出だ。狩りを生業としていたとはいえ戦いのための特別な訓練を受けたわけでもなく、勇者のように聖剣を与えられたわけでもない…………それを考えればよくこの旅の終わりまで付いて来られたものだと感心すらする。

とはいえ私にとって狩人に感心する要素はそれだけで、総合的には私は彼女に対して呆《あき》れに近い感情を抱いている…………なにせ彼女は勇者以上に現実が見えていないからだ。

「おい、狩人」

「はーい？」

声を掛けるとこちらに気づいていなかったのか狩人がゆったりとした動作で振り返る。それに私はそれでも狩りが本職なのかと呆れの感情を強くした。

「お前はここで何をしてるんだ?」

しかし今更それを口にしても仕方がないので私はさっさと尋ねるべきことを口にする。

「ええっと………勇者君を探してました」

「む、お前も見ていないのか」

少し期待していただけに落胆の気持ちが浮かぶ。朝に勇者と別れてから自室で昼になるまで今後の方針を考えていたが、今更ながら合流するための約束くらいしておくべきだったと後悔する。

「お昼ご飯、勇者君と食べよう思ってたんだけど」

「………」

場違いなセリフに私は思わずお前は何を言っているのかと罵倒しそうになった。わかっていたことではあるが彼女の思考は勇者と村にいた時から変わっていないらしい。

「勇者に会えたら一応その旨伝えておいてやる」

これは好意でもあるが皮肉でもある。冷静に考えればそれを聞いた勇者は私と同じ感想を抱くはずで、それが好印象になるはずもない。

「ありがとう!」

しかしそんな私の気も知らずに狩人は素直に笑みを浮かべる………本当に溜息《ためいき》しかない。

「それで、勇者は見なかったみたいだが他《ほか》の二人は見たか?」

「うーん」

思い出すように狩人は少し上を見る。

「魔法使いさんは書庫のある方へ歩いて行ったのを見た、かな…………武闘家ちゃんの方はあれからずっと見かけてないと思う」

「そうか」

魔法使いのことだから書庫に籠《こ》もるだろうと予想していたがその通りだったようだ。武闘家に関しても元より怪しい点はいくつもあった。今姿を眩《くら》ますことに驚きはない。

二人とも勇者に対してはその意見に同調して協力すると口にしていたが、それを信じるのは彼と目の前の村娘くらいだろう。

「一応忠告しておくが、仮に武闘家を見つけても声を掛けないようにしておけ」

「え、なんでです？」

「なんでもだ」

理由を説明するつもりはなかった。この忠告にしたって幼馴染《おさななじみ》まで死んでしまえば勇者がより悲しむだろうと思うからであって彼女自身を心配したからじゃない。

「それじゃあ私は行く」

聞くことは聞いたし、最低限の忠告もした。これ以上用はないというように私は狩人に背を向ける…………しかし少し歩いたところで我慢できずに振り向いた。

「できれば自室に籠もって大人しくしていろ」

そんな忠告を付け加えてしまうあたり、私も甘いのかもしれない。

◇

エクティスという国は王によって統治されている国だ。絶対的な権力を持った王とそれを支える貴族たちが国の方針を決めて国民はそれに従う。魔法国などは前時代的だと嘲笑《ちょうしょう》しているが何がおかしいのか私にはわからない。

王や貴族たちは代々自分たちが国を担《かつ》ぐのだという誇りを受け継いでいるし、そのための教育を生まれた時から受けている。魔法国のように国を導く教育も受けていないただの平民が国の要職に選ばれる制度の方が私は不安を覚える。

もちろん王や貴族にだって暗愚は生まれるし、平民にだって優秀な人材が生まれることだって知っている。だからそれに対応する枠組みが作られているし、それで安定しているのだから下手にいじる必要もない。

実際に私は平民の出だが剣の才能を見込まれて貴族の養子となり騎士団へ入った。もちろんそこに軋轢《あつれき》が無かったわけではないが、最終的には副団長にまで登り詰めることのできた事実が王国の柔軟性を示しているだろう。

そんな王国を私は愛しているし王に忠誠を誓っている。だからこそ魔王討伐のために勇者に同行することを命じられた時は喜んだし、その裏にあるものについて説明された時も不平を見せることなく従った。

「しかし勇者は気に入らないだろうな」

呟《つぶや》きながら私は歩を進める。魔王城の内部構造は概《おおむ》ね頭に入っている。未踏破の部分もそれなりに残っているが魔族は全《すべ》て排除しているし、罠《わな》もその大本を解除済みだ。聖女が殺されたことを考えると気を抜いていいわけではないが、呟きながら歩く余裕くらいはある。

「彼の性格ならそれほど私たちからは離れないと思うが」

何かあった際にすぐに駆け付けられる、そんな距離を維持しているはずだ。しかし魔王城の内部は迷宮のような構造をしているので視認性はひどく悪い……………一々通路を確認はしているが見逃せば彼に気づかずに通り過ぎるなんてことも起こり得るだろう。

「む」

ふと足元に違和感を覚える…………その瞬間前方の空間が僅《わず》かに歪《ゆが》んだ。それを確認すると同時に私は腰の剣へと手を伸ばしてその空間の歪《ひず》みへと踏み込んでいた。

斬

歪みから梟《ふくろう》の頭を持った熊が現れたその瞬間に、私はその首を刎《は》ね飛ばした。これまでの経験で罠が発動してから魔物が出現するタイミングは体に染《し》みついている………転移直後は魔物の方も状況を把握できていないのでタイミングを合わせれば一撃で仕留めるのは容易だ。

「召喚の罠か」

剣についた血を振り払って私は呟く。それは踏んだ瞬間に召喚陣が起動し魔物が現れ侵入者を襲わせるものだ。設置コストが軽いらしく魔族が多用してこれまでも幾度となく遭遇してきた………もちろんこの魔王城にも大量に仕掛けられていたのは確認済みだ。

「罠に魔力を供給する装置は停止させたはずだが………誰かが再起動したのか？」

実際に罠が起動したのだからそうとしか考えられない………問題はこの手の罠は目視では確認できないことだ。魔法使いであれば使用されている魔力を正確に感知できるだろうが、生憎《あいにく》と私は多少の違和感を覚える程度でどこにあるのかまではわからない。

「しまったな」

罠を見破る道具を私は持っているが部屋に置いてきてしまった。罠は解除済みだからという安易な判断だったが、聖女を殺した犯人がいることを考えればこの事態は予想してしかるべきだったろう。

私はその場に立ち止まったままこれからどうするべきか考える。勇者を探すのを止めてひとまず魔力探知の道具を取りに戻るのが第一に思えるが、戻る最中の罠も再起動していることを考えるとこの場に留まるのも一つの選択肢だ。

召喚罠ならよほど大量に現れるものを踏まない限りどうにでもなるが、転移罠や毒が絡《から》むような罠に引っ掛かると流石《さすが》に一人では対処できない可能性がある…………問題はこの場での待機は救助が来る前提だということだ。そしてそれは信頼できる相手がいないと成立しない。

「…………この場合、勇者であればどうするか」

だから私はそれを考えることにした。この異常には勇者も気づいていることだろう。その場合彼はまず皆の安全確保を最優先に動くはずだ。しかし現状私たちは散らばっていて一人一人の安全を確認するには時間がかかる…………と、なれば一番確実なのはできる限り早く罠を止めることだろう。

「行くか」

幸いというか、目的の装置がある地下への階段は私が進んでいた方向にある。

どうせ戻るのも危険なら、進んで勇者と合流できる可能性がある選択肢を私は選んだ。

◇

初めて勇者と出会った時のことをふと思い出す………正直言って私は彼に見た目通りの田舎者《いなかもの》以上の感想を抱かなかった。よく言えば純粋で悪く言えば無知であり、とても世界の命運を懸けた旅を率いるような器ではない。

そんな彼に私は不安を抱くどころか都合が良いと思ったのを覚えている。私が国から与えられた任務を想《おも》えば勇者は暗愚であればあるほど都合が良かったのだ。

しかし勇者は暗愚に見えてその心に確かな芯《しん》を持っていた。その芯はどれだけ辛《つら》い戦いや苦しい思いをしても決して折れることは無かった………いつからだろうか、彼の背中に私が頼もしさを感じるようになったのは。そしてその背中を支えたいと思うようになったのは。

「全く」

そんなことを考えながら進んでいたからだろうか、通路の先に見える少し開けた広場のような場所に勇者の姿が見えた………それも十体以上魔物に囲まれて。私は即座に剣を抜くと広場に向けて走り出す。その勢いのまま影を人の形に具現化したような魔物を後ろから斬り捨てて囲みの中へと飛び込み、彼の隣へと立った。

「こういった不自然な空間は罠に気を付けるよう言われていただろう」

そして開口一番に勇者へと苦言を口にした。どうせ彼のことだから仲間の危険を早く取り除こうと自身の危険を考慮せずに進んだのだろう。

「………ごめん」

それに申し訳なそうに勇者は苦笑を浮かべて私を見る。その姿がいじらしくて思わず私は彼を抱きしめたい衝動に駆られるが………今はそんな状況ではないと思い直す。まずはこの魔物たちを片付ける必要がある。

「勇者、まず囲いの一角を潰《つぶ》すぞ」

「うん」

「後ろは気にするな」

告げて私はさらに小さくラウンドと呟く。それに反応して左手の籠手《こて》が小さく光を帯びると円形の小型盾《たて》へと形状を変える。それはキーワードに応じて幾つかの種類の盾へと変化する魔法具であり普通の盾と違って持ち運びがし易い点が有用だ。

それと同時に勇者が私の飛び込んで来た方向へと突っ込んでいく。その背中へと周囲を囲む魔物たちが殺到しようとするが、その間には私が立つ。幸いこの場に現れた大半の魔物は二足歩行のものが殆《ほとん》どだったので盾で捌《さば》きやすい。

「ふん!」

狼男《おおかみおとこ》が振るった爪《つめ》を盾で受け流し、別方向から迫る牛頭《ごず》の喉首《のどくび》に右手の剣を突き刺す。その隙《すき》を影の魔物が人型を崩して地面を這《は》うように迫ろうとするが蹴《け》り飛ばして出鼻を挫《くじ》く。

そうして生まれた猶予《ゆうよ》を使って最初の受け流しで体勢を崩した狼男の首を刎ねた。

「騎士!」

そしてその頃《ころ》には勇者が三体の魔物を斬り殺して包囲の一角を粉砕していた。私は影の魔物の挙動に気を付けながら彼のいる場所へと後退し、これで二人とも四方を囲まれた状況からは脱することができた。

残る魔物は八体……しかし背後の心配がないなら私と勇者の相手ではない。冷静にお互いをカバーしながら切り伏せれば無傷で乗り切れる可能性は高いだろう。

「もう一度僕が突っ込む」

それなのに勇者は私が止める間もなく魔物の集団へと突っ込んでいく。それでは結局数の利で後ろに回り込まれることになって囲みを崩した甲斐《かい》がない……それがわかっているはずなのに彼は自身が危険の矢面《やおもて》に立つことを第一にするのだ。

「ああもう！」

こうして悪態を吐《つ》くのも果たして何度目だったか。それをするのが勇者でなければ私ももっときつく戒めさせているだろうし、そんな反省をさせる間もなく死んでいることだろう。私は先ほどのように彼の後ろについてその背中を狙《ねら》おうとする魔物を牽制《けんせい》し、隙を突いて致命の一撃を加えていく。

その合間に後ろから見る勇者の戦い方は相変わらず無謀にしか見えない。彼は勇者に選ばれてからも剣を学ばされることはなかったし、正直に言えば恐らくその才能も無かった。そもそも彼の性根を考えれば戦い自体が向いていないのだから。

だがそれでも勇者は騎士以上のペースで魔物を屠《ほふ》っていく。その理由は彼が自身を守ることも考えず、相手の体勢を崩したりといった戦闘においての駆け引きを一切《いっさい》行わずに戦っているからだ。

なぜならそういった剣技というものは能力において自身に近しい相手に対してのものでしかなく……相手が攻撃する間もないほど早く攻撃できれば守る必要などないし、相手の防御の上ごと切り伏せることができるのならそれを崩す技など必要ない。

つまるところ勇者の戦い方とはその圧倒的な身体能力で相手を叩《たた》き潰すだけだ。相手に何もさせずに勝つというのは剣士にとっての理想ではあるが、その結果が剣技の否定なのだから同時に認められないものでもある。

問題は勇者の手には聖剣一本しか握られていないことで、いくら身体能力が高くともさばききれない数というものはあるのだ。しかも彼は動きやすさを優先して鎧《よろい》ではなく魔法の編み込まれた服を着ている……それは頑丈で斬撃を防ぐし炎や雷も遮断《しゃだん》するがその衝撃までは遮断してくれない。

けれど勇者はいかなる攻撃を受けようとも痛痒《つうよう》を感じていないように敵を屠り続ける。私が知る限り彼が身を守る行動を取ったのは魔王との一戦だけだ……その姿が頼もしく、けれど痛ましくて私が彼の背を守らなければと思わせられる。

「ふう」

最後の一体の首を勇者が斬り飛ばしたところで私は息を吐く。戦闘そのものは短時間で済んだが守りを考えない勇者のフォローをするのは神経を使う。もちろんある程度見逃したところで勇者が負うダメージが大したものではないのはよく知っている………けれど、それでも彼が傷つく姿というのを私は見たくない。

「ありがとう」

そんな私に勇者が謝意を伝えてくる。それは今の戦闘で彼のフォローに回ったこともあるだろうし、そもそも救援に来てくれたという意味も含まれているだろう。

「気にするな、私たちの仲だろう」

それに私は澄ました表情を取り繕って答える。

「それでえっと、騎士はなんでここに？」

「目的は勇者と同じだ。罠が再起動していたからこの先の装置を止めに来た………誰がやったのかは知らないがな」

「そっか」

どこか安堵《あんど》したような表情を勇者は浮かべる。止めに来たのだから私は起動させた犯人ではないと判断したとかそんなところだろう………全く、事実ではあるが相手の言葉を鵜呑《うの》みにし過ぎだと呆れる。

「私が罠を起動させたとは思わないのか？」

「え、でも騎士はそっちから来たよね？」

私がやって来た方の通路へ勇者が視線を向ける。地下へと続く通路の後方から自分の後に私が現れたのだから、罠を再起動させて戻ってきたわけではないという判断らしい。一応考えてはいるようだが少し安直ではないだろうか。

「まあいい…………それじゃあ勇者は誰の仕業だと思うんだ？」

「えっ」

私の質問に勇者は虚を突かれたような表情を浮かべる。

「そ、それは…………やっぱり魔族の生き残りがいるのかもしれないし、魔王が自分の死んだ後に再起動するような仕掛けを残していたのかも」

「本当にそう思うのか？」

あえて冷たい声で私は尋ねる。

「…………だって」

それに勇者は眉《まゆ》を歪めて萎《しお》れた声を出す。

「もしもこれが仲間の誰かの仕業だったら…………その理由は一つじゃないか」

その目的が聖女だけであるならそれ以上の犯行を重ねるのはリスクでしかない。つまりこれが仲間の犯行であるならその人物はさらに誰かを害する目的があるのだ…………勇者が仲間を信じつつも現実を直視できていることに私はほっとする。

「そうだな、この罠の再起動はさらなる犯行を重ねるための布石と考えるのが妥当だ」

私たちはすでに罠の存在を知っているからそれだけでは致命打にならない。しかし無視できるほど無害でもないのでその場に留まるしかなくなるか、私や勇者のように解除するために行動することになる……それは犯人にとって犯行を重ねる好機だろう。

「でも、仲間を殺す理由なんてないはずじゃないか」

それこそが勇者が仲間を信じるための最後の縁《よすが》だ。確かにこれまで私たちはコミュニケーションに多少の不和を見せても魔王を倒すという目的の下では協調してきた……しかしそれはそれぞれのもう一つの目的を勇者に隠していたからでしかないのだ。

「ある、と言ったら?」

彼といる間ならば私へ犯人も下手な行動には出られないだろうし、すでに罠の起動したこの広間であれば話をしていても再び魔物に襲われるようなこともない。

だから私は当初の予定通り、それを勇者へと告げることにした。

◇

レムリアという大陸には主要となる三つの国がある。

エクティス王国。

グローア魔法国。

スフォルツァ傭兵国《ようへいこく》。

それぞれ異なる文化を持つ三つの国は均衡した力関係を維持しているが、その仲が決して良いわけではない。特にエクティスとグローアは王政と議会制という政治体制の違いから対立しているし、闘技大会によって王を選出するスフォルツァに対してはどちらの国も野蛮であると見下している。そしてそれを知っているスフォルツァは両国を人間の本質を忘れてお高く止まっていると侮蔑《ぶべつ》していた。

しかしいがみ合っていても三国の間で大きな戦争が起こったことはほとんど無い。その理由の一つはそれぞれの国力が拮抗《きっこう》していることで、下手にどこかへ戦争を仕掛ければ残る国に漁夫の利を狙われる可能性があるのでそれが抑止になっている。

そしてもう一つが不規則なタイミングで復活する魔王の存在だ。レムリアには元々人類に対する敵対種族である魔族と大陸中に生息する魔物たちの存在があり、魔王が復活するとそれらが活発化し大幅に数を増やす上に組織的な行動を見せる。

厄介《やっかい》なのは魔王の復活に決まった年数などがないことだ。流石に倒されてすぐに復活したりはしないものの、僅か数年で復活したこともあれば百年近い間が空いたこともある。仮に国同士で戦争をしている時に復活されれば低下した国力では対抗しきれない可能性もあり、それ故《ゆえ》に三国は下手に大きな戦争を起こせないのだ。


「ここまでは理解できたか？」

「わかった、けど」

本題に入る前の予備知識として各国の関係を説明すると、なんとか理解したように勇者は頷《うなず》く。元々王国内にある小さな農村で暮らしていた彼は三国の関係どころか王国に事情に関してすら疎《うと》かった………そして勇者となった後もその方が都合はいいからと国々の負の面をあえて誰も説明してこなかったのだ。

「三つの国の仲が悪くても魔王は共通の敵なんだよね？」

「ああ、だからこそ勇者である君への援助はどの国も惜しまなかっただろう？」

「うん」

「だがね、勇者は疑問に思わなかったかな？」

「………なにを？」

「勇者の旅を直接的に助ける人員が私たちだけであることだよ」

もちろん必要な物資や金銭的な援助は充分にされているし、旅の移動手段や補給などを確保するための人員は充分に投入されている…………しかし魔王を倒すための戦力で言えば国から一人ずつしか出されなかったのは事実である。

「それは、確かに…………少し不思議には思ったけど」

いくら農村育ちの勇者であっても各国が精強な軍隊を揃《そろ》えているのはその目で見ている。それらの軍隊のほうが自分という個人よりも頼もしく見えるのは当然のことだろう。

「単純に説明するならその方が被害を最小限に抑えられるからだ。軍隊を派遣すれば当然その維持にかかる物資や費用は膨大なものになるし、魔王側もそれに対抗する大軍を揃えるだろうから当然ながら兵士が大勢死ぬ」

兵士というのは有事に国を守るための消耗品でもあるが、平時には農地から魔物を追い払って栽培や開墾を行う労働力でもあり、そうして得た給金で市場へと金銭を流通させる消費者でもある…………それが大量に失われるということはそのまま国力の低下に繋《つな》がるのだ。

「それに大軍を派遣するということは自国の守りがそれだけ失われるということでもある。魔王を倒してもその間に自国が滅んでは何の意味もないと考えるのは当然のことだろう？　だから各国も何とか自国の消耗を最低限に抑えたいと考えたわけだ」

それが勇者とその仲間たち。魔王に対して大軍を送り込めばあちらも大軍で対抗して来て被害が大きくなるだけ…………それならば彼を魔王の下に送り届けることだけを優先して戦力は最小限まで絞り込んでしまえばいい。

「極端な話ね、魔王を倒すのには勇者一人でも事足りると各国は考えている」

もちろん一人旅では不安な面は多い、しかし魔王を倒す戦力というだけで見るなら勇者一人でもこれまでの事例を見るに事足りているのだ。

「だとすれば私たちの役目は何なんだろうね」

魔王討伐を確実にするための戦力の足し、一人旅では不安な勇者の補佐役。対外的な理由はそんなところではあるが、私は明確な命令を国から受け取っている。

「私、いや恐らく私たち…………それが国から旅に同行するよう命令を受けたのは君を懐柔するためだよ」

「僕を？」

まるで意味がわからないという表情を勇者は浮かべる。相変わらず彼は人のことばかりに目が行き過ぎて自身の価値について無頓着すぎる。

「勇者、君は自分の価値についてもっと自覚するべきだ…………国に戻れば君は世界を救った英雄であり民からは崇《あが》められすらするだろう。そんな英雄を懐柔して自国に迎えることができれば他国との戦争の勝敗など考えるべくもないことだろう」

「戦、争？」

まるで想像もしていなかった言葉を聞いたというように勇者が繰り返す。

「なんで、戦争なんて言葉が出てくるんだ」

「魔王が倒されたからだよ」

私は勇者が知りたくも無かったであろう真実を告げる。

「魔王がいつ復活するかわからないから戦争は起こしづらい…………しかし流石に魔王も倒された直後に復活することだけはこれまでもなかった」

短くとも数年の猶予があるのだ。

「つまりね、勇者。戦争を起こすのなら魔王が倒された直後しかないんだよ」

「そもそも！」

私の言葉を遮《さえぎ》るように勇者が叫ぶ。

「なんで戦争を起こす理由があるんだ！」

「端的に答えるなら国を富ませ民を守るためだ」

私は明言する。

「例えば王国であれば魔法国の保有する鉱山が欲しい…………元々鉱物が不足気味であったところに魔王による侵攻でさらに鉱山を失ってしまったからだ。このままでは遠からず王国は武具の生産や補修すらできなくなるだろうし、農具の質が下がれば作物の生産にも影響が出る」

そうなれば当然自国の防衛もままならなくなり、他国から攻められずとも魔物を抑えられる範囲も狭まって国土が縮小していくことになる。

「そして魔法国は近年まれに見る不作で食糧危機が起こりかねない状況になっている。彼らにとってみれば王国の肥沃《ひよく》な大地は是が非でも手に入れたいところだろう」

生き物にとって飢えは耐えがたい苦痛だ。魔法国は王国と違って民の力が強い国であるから、その状況を解決できなければ民による暴動が起こってもおかしくはない。

「そして傭兵国はそもそもが他国に戦力を提供することで生計を立てている国だ……戦争が起きれば最大の稼ぎ時だからむしろその火種をばら撒《ま》いていることだろうな」

その点から見れば容疑者として一番怪しいのは武闘家であるだろう。

「そして勇者、君はその戦争で自国に確実な勝利をもたらすことのできるジョーカーだ。戦力としてはもちろんのことだし、攻め入られる国の民からの支持すら君にはある」

民の立場になってみれば世界を救った英雄である勇者と敵対したいはずもない。攻められた際の士気は最悪だろうし、下手をすれば勇者に攻め入られるような国が悪いはずだと民が暴動を起こす可能性すらある。

「だから僕を懐柔すると？」

「その通りだ」

同行を命じられた全員が女の時点ですでに作為的なのがわかる。例外なのは幼馴染を理由に半ば無理矢理勇者への同行を決めた狩人くらいだろう……まあ、彼女の場合は純粋な意味で彼を籠絡《ろうらく》しようと無駄な努力を繰り返していたが。

「でも、今までみんなそんな素振りは見せなかったじゃないか！」

「ああ」

それに私は素直に頷く。確かに私は彼に対してそのような態度を取ったことは無い。

「なぜなら私は君を愛しているからね」

その理由を正直に、最大限の勇気をもって私は口にする。

「なっ、なな⁉」

再び狼狽《ろうばい》する勇者の顔が赤くなっていることに私は安堵の気持ちを覚える。少なくとも告白して動揺してもらえる程度には意識されていたらしい。

「いきなり何をっ！」

「ふむ、私は順序よく話しているつもりだが」

秘めていた気持ちを私が今明かしたのも意味あってのことだ。しかしそれを信じてもらえないのはとても困るし悲しいのでまずはそこを強く協調しておくべきだろう…………私は壁際《かべぎわ》に立つ勇者の顔の横に勢いよく手を突き、そのまま顔を近づけて自身の真剣な表情を浮かべたまま口を開く。

「私が勇者を愛しているというのは嘘《うそ》偽りない気持ちだ…………まずこれだけは信じてほしい」

私の方の背が高いせいでなんだか男女が逆転した構図になっている気もするが…………少し萎縮して顔を赤くしている勇者が可愛《かわい》らしいので良しとしよう。

「望むなら、これから私が君のどこに惹かれたのかいくらでも語るが？」

「わ、わかった！　わかったから！」

解放してくれといようにわたわたと勇者が手を振り、仕方なく私は壁際から身を離す。それでも勇者はまだ動悸《どうき》が収まらないのか胸に手をやっていた……とても嬉《うれ》しい。

「で、でもそれならなんで僕を突き放すような態度だったのさ」

とにもかくにも動揺を抑えるように勇者が疑問を口にする。

「その方が勇者は幸せになれるからだ……私が自分の気持ちに気づいた時には悲しくも幸いなことに君は聖女に惹かれていたからな」

本当に勇者を愛しているからこそ、私は自身の気持ちを秘めることにしたのだ。

「……」

「今更隠す必要もない。昨晩だって聖女と今後のことを話し合うために会う約束をしたのだろう？」

その結果が最悪なものになったのが勇者にとっては地獄で、私にとってはある意味幸運だったのだから皮肉なものだ。

「君は魔王を倒せば純粋に平和が来ると信じていたが、実情に関しては今しがた話した通りだ……しかし君と聖女が結ばれた時だけはそれが回避できた可能性は高い」

「それは、なぜ？」

「先ほども説明した通り君というジョーカーが手に入らなければ三国の国力は拮抗しているか

ら戦争を起こしづらい、そして元々民衆からの支持のある教会が勇者である君を手にすればその発言力は絶大だ。その調停に逆らえる国なんてないだろう」

世界を創造した神を崇める教会はこの大陸に置いて唯一の宗教だ。当然各国の為政者を含めた国民全てはその信者であり国中に関連した拠点や組織が配置されている。もちろん教会は信仰の拠り所であって軍事的な力など持たないし、基本的に国の自治に対しては干渉しない方針だ。

しかし国同士の争いに関して教会は中立な立場として調停役を担っている。けれど基本的には実行力を持たない教会の調停は各国から顔は立てられても無視されることも多い。けれどそこに勇者という存在が加われば流石に国々も無視はできなくなる。

「私は確かに君を懐柔するよう王から命じられていたが、最悪魔法国か傭兵国の手に渡らなければ構わないとも言われていた……だから私は聖女に君を委《ゆだ》ねることにしたんだ。それならば王命にも反さず君自身の望みにも沿うからね」

その場合は恐らく教会の調停の下に王国は魔法国との間で食糧と鉱物を融通しあうことになっただろう。しかしいずれ改善可能な食糧事情と違って鉱物の不足は新しい鉱脈を運よく見つけるくらいしか方法がない……長期的に見れば王国は不利を強《し》いられることだろう。

けれどそれは王命に反さず勇者の望む平和な世界を実現する唯一の選択肢だった。だから私は己《おのれ》の本心を押し殺して二人の仲を後押しし、王国への不利益《ふりえき》は自らの献身を持って少しでも穴埋めするつもりだったのだ…………結果はこの様だが。

「その話が本当だとしたら…………聖女は、僕を自国に引き込むために殺された可能性があるってこと？」

「ああ」

苦汁を滲《にじ》ませながら勇者が導き出した答えに私は頷く。

「私としては他に可能性を考えられない」

民衆からも慕われていた聖女を殺すリスクは大きい。そのリターンとなると勇者という存在を手に入れるためくらいしかないだろう。

「でも、騎士も同じ目的なんだよね？」

縋《すが》るような目で勇者が私を見る。確かに聖女が死んだ以上私は王命に従うなら勇者を自国へ引き込む義務があるし、自分の気持ちを秘する必要もなくなった以上は二人に勇者をくれてやるつもりもない。

「ああ、だが王命などもはや関係ない」

忠誠以上の感情が私の中には満ちているのだから。

「一度は秘めようと思った感情だが…………もはや抑えることなどできない。もう他の誰にも君を渡したくないんだ」

私は勇者の肩をがっしりと掴《つか》む…………決してもう離さないというように。

「勇者、君が望むなら戦争になんて加担しなくてもいい………それを強制されそうになっても私が全力で王から守る」

自分でも勇者にこれほど入れ込んでしまったのは不思議ではあるが………それが恋というものなのだと思う。将来は義父の定めた相手と結婚することを自然に受けいれていた私にとって、これが初恋なのだから。

「なんなら君が王になって統一戦争を起こしたっていい………そうすれば一時的に大きな犠牲は出るかもしれないが、将来的に君が望むような平和な世界になる」

思い付きで口にしてしまったが存在が悪くないように私は思えた。勇者には民衆の支持があるし国を興せば付いて来るものは多いだろう………まずは革命を起こして王国を乗っ取り、その後に周囲の小国を併合して魔法国と傭兵国を狙えばいい。

「それは、本気で言っているの？」

「本気だとも」

私は頷く。

「君を幸せにするためならば、私は騎士としてその全てを君に捧げよう」

その覚悟を示すべく私は片手で着ている鎧の留め具を外す。それだけで胸当てが重みに耐えかねて床へと落下し、押さえつけられていた胸元《むなもと》が露《あら》わになってその存在を主張する。自分で言うのものなんだが私の胸はかなりのものだ………思わず勇者の視線が釘付《くぎづ》けになるのを感じた。

「わっ、わわわ⁉」

露骨に動揺してくれる勇者の反応に私は満足感を覚えながら肌着も脱ぎ捨てて完全に胸元を露わにする………そのまま動揺する彼の背中に手を回して彼の顔を抱き込むように胸元へと押し付ける。

「⁉⁉⁉」

くぐもった声が少しこそばゆい。勇者もなにが起こっているのか動揺していてわからないようで私にされるがままになっている………その様は今しがた魔物相手に暴《あば》れまわった姿とはまるで違って小さな子供のようにすら思える。

「ふふ」

不意に感じた母性にも似た感情に思わず口元が揺らぐ………けれどそれで勇者を抱きとめる力が緩んだのか、その隙を突いて勇者は私の腕から抜け出すとそのまま脇《わき》から抜けて逃げ出してしまった。

「あっ」

私が振り向く頃にはすでに勇者は随分と距離を取っていた。

「………勇者、乙女《おとめ》の覚悟からそんな風に逃げるのはあまり感心しない」

胸中から彼が消えた喪失感に私は少ししょんぼりとしてしまう。

「い、いきなりすぎるよ！」

それに混乱を消化できていない様子で勇者が叫び返した。

「確かに性急だったのは認めるが、私の覚悟を示すのにはこれが一番」

「と、とにかく！」

主導権を私に渡さないように勇者が遮って叫ぶ。

「事情も騎士の気持ちもとりあえずわかったから……僕はまず罠を解除しに行く！　一人で行くから騎士は自分の部屋に戻ってて！」

「あ、おい勇者！」

止めようとするがさっさと勇者は走って行ってしまう。

「ふむ、やはり性急すぎたか」

私は肌着を直し、胸当てを拾ってはめ直しながら呟く。最初は事情を真摯《しんし》に説明して勇者にその立場をわからせるだけのつもりだったのに、気が付けば感情が高ぶって暴走していたようにも思う……まあ、全て嘘偽りない気持ちなので問題は無いが。

「しかしまあ、好都合ではあるか」

勇者の所在は知れたのだ、これでしばらくの間は確実に勇者の目を逃れて行動できるということでもある……邪魔者を排除するなら今だ。

私はそうと決めると勇者の向かった先へと背を向けて、元来た道を戻り始めた。

◇

私は別に魔法使いをそれほど嫌っているわけではない。確かに互いの性格で折り合わない部分があるのはあるし、所属する国家の関係性もある。しかし魔法使いの実力が確かであることは認めているし、いくら私と反目していても自身の領分には誠実であり嘘偽りを口にしない点は尊敬してもいる。

仲の良い友人にはなれないかもしれないが、仕事としての付き合いであればお互いに破綻することなく続けることはできただろう……実際にこれまではそうだった。しかしもはやその関係性は崩れてしまっている。

「同じ穴の狢《むじな》だと思っていたのだがな」

罠に気を付けて歩を進めながら私は呟く。魔法使いも恐らく国から勇者の篭絡を命じられていただろうに何の行動も見せなかった。それは彼女も私と同じように勇者のことが気に入ってしまって彼の幸せを願ったから……そんな風に私は考えて暗黙の了解のように互いの内側には踏み込まないようにしていた。

しかし違ったのかもしれないとも今は思う。単に正攻法では勇者を篭絡できないと考え、勇者を精神的に追い詰めて意のままにする機会を窺《うかが》っていた可能性もあるのだ。そのために聖女を平然と殺せる程度の冷徹さを彼女は持っている。

だが同時に私は魔法使いが犯人でない可能性も考えていた。なぜなら彼女の犯行にしては少しばかり稚拙すぎる。私は常識的な判断から魔法使いの持ち出した魔王の日記を偽物だと主張したが、安直に聖女を殺してからそんなあからさまな工作をするほど彼女が愚かだとも思えない。彼女が本気で目的のために聖女を排除しようとするならもっと賢いやり方はいくらでもあったはずなのだ。

もっとも、真相がどちらだろうがこれから私がしようとすることに関係は無い…………むしろ彼女が犯人でなかった時の方が厄介な存在になる。

もしも犯人であれば斬り捨てれば問題ないが、そうでなければ勇者を巡る強力なライバルに違いないのだ。

だからこそ今のうちに魔法使いを排除する…………そう、決めたのだ。

「結界か」

書庫へ辿《たど》り着くとその扉が固く閉じられていることに私は気づく。それは単純な施錠とは別に魔力により侵入者を拒む壁ができた状態だ…………しかし魔法使いといえども効果の高い結界を常時張り続けるのは消耗する。侵入者を僅かに足止めするアラーム代わりだろうと判断して私は剣を抜いた。

斬
振り上げた剣を両開きの扉の中央の隙間《すきま》へと一閃《いっせん》する。普通は結界の一部を切り裂いてもすぐに修復されるだけだが、私の斬撃は結界を構成する術式そのものを両断してそれを崩す。魔法使いによればそれは剣技への没頭だけで世界を書き換える領域にまで達した一種の魔法らしいが…………結果が伴えば私にとって理屈はどうでもいい。

「っ⁉」

魔法使いが私への迎撃態勢を整える前に踏み込んで彼女を斬る。その意思のもと書庫へと踏み込んだ瞬間に私は悪寒を感じて足を止めた。

「これは…………毒、か？」

目に見えるような色も無く、臭いも無い…………しかしその空間に充満するような死の気配を私は感じていた。これまでの経験からすればそれは毒ガスか何かの可能性が高く、私は呼吸を止めて書庫の内部を回し見た。

書庫内は最初からその目的で作られたというよりは後からその用途のために本棚を乱雑に並べたという作りで、収まりきらない本は床の上に無秩序に積み上げられている。そんな書庫の奥の方、一際《ひときわ》本の山が立ち並んだ辺りに誰かが倒れているように私には見えた…………私の眼には、それが魔法使いであるように見える。

もちろんそれが本物ではなく幻影などの罠の可能性もあるが私だっていつまでも息を止めていられないし、皮膚に接しているだけで浸透する毒であるかもしれない。

意を決して私が近づいても魔防使いに動きは無かった。息はあるようだが演技ではなく完全に意識を失っているようで私は少し戸惑う。

魔法使いの実力的に私とまともにやれば激戦であるのは間違いなく、いかに勇者に気づかれる前に終わらせられるかを私は苦慮していたのだ。その相手が目の前に赤子のような無力な状態で転がっているのだから戸惑っても仕方ないだろう。


どうするべきか？


考える余裕はあまりない。いっそこのまま放置して去れば死んでくれるだろうか？　しかし私が書庫の扉を開いたせいで毒が薄まり始めているのを感じるし、魔法使いに未《いま》だ息があることを考えると彼女が気を失う前に何かしら対策をした可能性もある。放置して死ななければ私は千載一遇のチャンスを逃したことになるだろう。

しかしそもそもこの状況は私が作り出したものではない。魔法使いが籠もっていた書庫に毒ガスを撒いた何者かは彼女に留めさせる状況にもかかわらず放置し、私の侵入を見逃したということになる………だとすれば、ここで魔法使いを手に掛けるのはその何者かの思惑通りなのではないだろうか？

「ぐぅ」

考えている間に酸素を消耗してしまって意識がぐらつく。この部屋に充満していた死の気配は確実に薄くなっているが、それでも今大きく息を吸えば毒が体を蝕《むしば》むだろう………結論は今すぐ出す必要がある。

私の結論はたとえそれが何者かの思惑でも魔法使いをここで仕留めておくことだった。

そのリスクを負ってでも魔法使いを退場させられるのは大きい。そう考えて私は大きく剣を振り上げた………冷静に考えれば、剣の先で彼女の首を突くだけで良かったというのに。

「騎士、そこで一体何をしてるの？」

不意に背後から勇者の声が聞こえて私はそのままの体勢で固まってしまった。どうしてもう勇者がここにと思うが、すぐに答えが頭に浮かぶ………考えてみれば装置を止めたのは魔法使いで彼はその方法を見ていなかった。それに気づいて魔法使いを連れてこようと引き返して書庫に向かったのだろう………道中の罠のいくつかは私が壊すか踏んで起動済みだから到着も早かったはずだ。

少し落ち着いて考えればこの結果は予想できたはずだった。

なんてことはない、私の告白に勇者が動揺していたように………私自身も浮かれて冷静でなかったということなのだろう。

ここから弁解する術は、今の私には思い浮かびそうになかった。

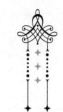

幕間 2

「以上が私の行動の全《すべ》てだ。その後は勇者に剣を預けて自室で軟禁を命じられた……その後の話は別の人間に語らせた方がいいだろう」

そう告げると騎士が今度はお前の番だとでも言うように魔法使いへと視線を向ける。魔法使いはそれを静かに見返しただけだったが、騎士はそれでいつかのように声を荒らげることもなく勇者へ視線を戻す。

「私の行動の是非に関しては勇者に委《ゆだ》ねる……しかし微塵《みじん》も後悔はしていない。今の私は君の望みのために世界を平和にしたいと思うし、そのために王国を裏切って君を王に担《かつ》ぐことだって厭《いと》わない」

だが果たしてその望みは本当に勇者のためだけのものであるのだろうかと私は思う。常日頃《つねひごろ》から彼女は国王への忠誠を口にしていたが、国王が本当に忠誠に値する相手であったなら勇者を担ぐなどとは提案しなかったはずだ。

勇者のため、そう口にしながら騎士は自身の理想を彼に重ねているだけではないだろうか。確かに彼女への彼の愛は本物かもしれない。けれどそこに理想の王に仕えるという自分の願望が混ざっているのではないかと思うのだ。

「だが説明した通りそれも全て聖女が殺されたからこそ決意したものだ………私は聖女を殺していないし、魔王などにも憑《と》りつかれてはいない」

付け足すようにそう口にして騎士は腰を下ろす。そしてもはや話すべきことは話したというようにきゅっと唇を閉じた。

「みんな、騎士の話に異論はある？」

見回しながら勇者が尋ねるが武闘家も狩人も首を振った。

「稚拙な願望を否定したくは思うけど、今はそれが必要な場面ではないと私はわきまえてる」

魔法使いだけは皮肉めいたことを口にしたが、騎士はそれに眉《まゆ》を少し動かしただけだった。

「えっと、みんなとりあえず異論はないみたいだし………それなら次は、魔法使いに話してほしい」

その空気をごまかすように勇者は言葉を連ねて、けれど結局はその当人である魔法使いへ話を振る。起こったことを順序よく並べるなら次は彼女の番になるからだ。

「問題ない」

答えて魔法使いは立ち上がる。

「だけど話す前に、これだけは告げておく」

騎士を真似《まね》るわけではなかっただろうが、続く言葉の予想は付いた。

「私は勇者を愛している」

そしてそれに違わぬ言葉を魔法使いは口にした。

「これは別に騎士を真似たわけではない。彼女とのスタンスの違いを明らかにするためと知るべき」

あくまで淡々と、その内側の感情を抑えるように魔法使いは続ける。

「私はその感情のために本当に大切なものを失うほど愚かではない」

暗に自分以外の誰《だれ》かが愚かであると彼女は指摘する。

「全ては勇者を救うため」

そして魔法使いは語り始める、そのために自身が選んだ道を。

魔法使いの回想

私の悪癖《あくへき》は書物を読み始めるとそれに没頭してしまうことだ。聖女が殺された後でもそれは変わらず、私は必要な情報を得るために真っ先に書庫へと籠《こ》もって本を読み続けていた。

魔王城の書庫にはそれこそ市場で見かける一般的な書物から王家の秘匿していたこの世に二つとない禁書まで置かれていた。

特に魔法技術の書物に関しては古代の大魔法使いの失われたとされる書物まで揃《そろ》っていて個人的に確保したいくらい……正直に言えば何冊かはしたけれども罪悪感はない。有用な書物は有用な人間に使われるべき。

私が思うにこの書庫にある書物は二つの研究のために集められたものだ。

一つは人間がどういう存在を知るためのもので人間社会に関するような書物はそのための資料。今回の魔王侵攻は過去の記録との相違が多く、先代までの魔王は力推しの戦略が多かったのが今代では人間側の資源を攻めるなど狡猾《こうかつ》な面が目立った……それは恐らくこの研究による成果なのだろう。しかし魔王の本当の目的からすればそれは副次的なものだったとわかる。

そしてもう一つは人間になるための研究だ。日記にもあったように魔王は勇者と結ばれるために人間になろうとしていた。魔法技術に関する書物は主にそのためで、人間という存在のその構造から神々による人類の創造の神秘そのものについて迫る書物、さらには肉体的な変質を行う魔法に関するものから精神や魂に関する書物までもが集められている。そのほとんどが魔法国でも禁忌《きんき》に近い知識として扱われているため、貴重な知識を前にして思わず私は没頭して読みふけってしまった。

だから私がそれに気づいたのは本の内容が頭に入らなくなって来てからだった。その理由が書庫内に充満した毒ガスであることにはすぐ気づけたけれど、その頃《ころ》には身体《からだ》も碌《ろく》に動かず思考も鈍ってしまっていた。魔法とは世界を動かすシステムに対して魔力で構築した術式、つまりは世界に対する命令文を打ち込む行為だ……鈍った思考では高位の魔法を使うための複雑な術式を構築することはできない。

しかし諦《あきら》めるよりは行動すべき。幸い単純な術式の魔法であればまだ使える。私は今可能な限りの思考を巡らせてこの状況に最適な魔法を導き出す。

止まる、停まる、それは赤子のように

それは自身の生命活動を限りなく低下させ一種の仮死状態とする魔法。この場の状況から脱すような魔法ではないが、未《いま》だ私に息があることから毒ガスの致死性はそれほど高くないはずだ。仮死状態であればこれ以上の毒の吸引や毒の巡りも最低限に抑えられる………後は私に息がある間に勇者が助けに来てくれるかだ。

他《ほか》の誰《だれ》かが来たなら私は殺される可能性が高いだろうが、その時は素直に諦めるべき。

そう考えながら私は眠るようにまどろんでいく………そして懐《なつ》かしい夢を見た。

◇

私が魔法使いになったきっかけは妹が王国の兵士によって殺されたことだった………それは戦争というほどでもない国境での小競り合いによるもの。

そしてその小競り合いの原因は確か王国の演習という名の示威行動だった。もちろんそれはあくまで示威であり国境に足を踏み入れて魔法国側に自身らを排除する正当な理由を与えるつもりは無かった………しかしそこに偶然にも魔物の一団が現れたのだ。王国の部隊はその一団を何とか退けたが、戦いの混乱の中で国境を踏み越えて魔法国側へと侵入してしまっていた。

魔法国側もただの示威行動だけであれば手は出さず、戦闘以外の方法でその報復をするつもりだった。しかし相手側から正当な理由を作ってくれたのなら問題ないと戦闘の混乱冷めやらぬ王国軍へと襲い掛かった。

その戦闘に魔法国は勝利したが何人かの王国軍兵士を逃がしてしまった。しかも彼らは王国ではなく魔法国の領土側へと逃げてしまい……その先に私たちの住む辺境の村があったのだ。村に辿《たど》り着いた彼らはもはや規律の取れた兵士ではなく、その暴虐の中で妹は殺されてしまったのだ。

彼らは最終的に魔法国の追撃部隊によって排除された。しかしそれで失ったものが戻るわけでもなく、両親や他の村人は王国と村を襲った兵士を激しく憎むようになった。

恐らく私も同じように彼らを憎めればよかったのだと思う……しかし物事は正しい視点で判断するべき。自分で言うのもなんだけれど他よりも賢しく生まれた私は、まだ幼いながらにそれを理解してしまっていた。

つまるところ兵士は国からの命令に従っているだけで、普段は普通の人間でしかない。誰かにとっては良い父親であり兄であり息子であるのだろう。そしてその命令を下す国だって自国の繁栄のために行っていることで、そんな必要がないくらい国が栄えていたら今回のようなことは起こらなかったはずなのだ。

私にとって憎むべきはこの世の理不尽そのものだった。国と国がいがみ合うような要因全《すべ》てを潰《つぶ》してやろうと志し、両親を説得して魔法学の門を叩《たた》いた。

幸いにして才能のあった私はすぐに認められ優遇されるようになった……もっとも実力はあっても政治力に欠ける私が利用しやすかっただけかもしれない。しかしそんなことは私にはどうでもよくて、私の目的のための研究ができるならどんな仕事を命じられようと淡々と私はこなして上の覚えをよくした。

そして私は知るべきことを知り……絶望した。

それから勇者に出会うまで、私は人形のように無為な時間を過ごし続けたのだ。

◇

魔法国から勇者の魔王退治の旅へと同行するよう命じられた時も私はどうでもよかった。その本当の目的が勇者を篭絡《ろうらく》して魔法国に引き込み、彼と聖剣を研究するためだと知らされた時も同様だった。

それがうまくいけば魔法国の戦力は確かに増強し、一気にこの大陸の覇権を握ることができるかもしれない……だがそんなものは将来的な破滅を早めるだけの行為でしかない。

だから私にとっては勇者も愚かしい存在としか思えなかったのだ。世の中の現実も知らずただ魔王を倒すだけで世界が平和になると信じている愚か者。自らを犠牲にしながら無為な目的のために進み続けるその姿は私からすれば道化そのものだった。

けれどいつしか私はその姿に見惚《みほ》れるようになった。そんなものは所詮自分の失ったものに対する憧憬《しょうけい》にすぎないと理性は告げていた………けれど、だからこそ尊い考えるべき。たとえその結果がわかりきっているのだとしても、理想のために進み続けることに意味があるのだと私は思い出せたのだから。

それに、私と彼は違う。

すでに結果に辿り着いてしまった私と違って彼には理想を理想のまま終わらせられる可能性がまだ残っている………そしてそれを叶《かな》える方法はごくごく簡単なことだった。

彼が幸せになるために、私はこの気持ちを抑えるべき。

賢《さか》しい私はそれをまた理解してしまっていた。

ああ、だけど………彼女の姿を見るたびにそれが自分だったならと思わない日は無かった。

「魔法使い！」

憧憬の中で彼の声が聞こえて私は目を覚ます。気が付けば私は書庫ではなくその入り口の前に寝かされていたようだった………後頭部に回された彼の腕がとても温かく感じる。これこそが世界で一番尊ばれるものであるべき、そう思えた。

「勇者が私を助けたの？」

尋ねると彼は少し悲しそうな表情を浮かべる。

「………君を先に見つけたのは騎士だった」

それだけで私は何が起こったか察した。私が騎士の立場なら無防備な私を見つけたら殺そうとするはずだ………そこに勇者が駆けつけてしまったのだろう。その光景はギリギリまで仲間を信じようと足掻《あが》いている彼にとってはつらい光景だったはずだ。

「騎士は、どうしたの？」

「今は自室にいてもらってる」

拘束は難しいから軟禁ということなのだろう。答える勇者の視線が逸《そ》れた方向を見ると廊下の壁に騎士の剣が立てかけてあった………律義な彼女のことだから拘束されない代わりに武器を差し出したのだろう。騎士の能力は剣に依存するものが多いから、剣が無ければ彼女の戦闘能力は大幅に下がる。

「一応毒消しは飲ませたけど体調に問題は無い？」

話題を変えるように勇者が尋ねてくる。私としてはもう少し詳しく尋ねたかったが、確かにそれも重要な問題ではある。もっとも起きた時の違和感のなさから恐らく問題はなさそうではあるが……命に関《かか》わる問題は確実に解決しておくべき。

私は意識を集中して特殊な魔力を練るとそれを頭から足の先に向けてゆっくりと流していく。身体に異常があればその部位に魔力が反応するはずだ……結果としては滞りなかった。

「ん、問題ない。あまり強い毒ではなかったよう」

「そっか」

ほっとしたように勇者が息を吐く。だがそれも無理もなく、なぜならパーティの解毒はこれまで聖女が行っていたからだ。もちろん毒消しの薬も用意してあるが、その効果は聖女の祈りの奇跡によるものに比べれば遥《はる》かに弱い……もしも重い毒だったら聖女のいない現状では助からなかったことだろう。

「勇者、物事は正しい視点で見るべき」

ほっとしつつも悲しみの消えない勇者には私は思わずそんなことを口にしてしまう。理性は敵に塩を送るような愚かな真似《まね》だと告げているが、感情が沈黙を許さなかった……勇者を前にするとかつて私が志していたものが少しだけ息を吹き返す。


私の知恵と知識は、世界を平和にするためにあるはずだった。

たとえこれが騎士をこの上なく貶《おとし》める機会でも私は事実を口にすべきだ。

「少なくとも、書庫に毒を撒《ま》いたのは騎士ではない」

「えっ………でも騎士は君を殺そうと剣を」

「それとこれとは別。恐らく彼女は私の窮地に偶々《たまたま》居合わせただけ」

そしてその状況を好機と見て私を殺そうとし、運悪く勇者に見つかったのだ。それこそが犯人の目的だったかもしれないが、今は横道に逸れず説明を続けるべき。

「私は図書館に魔法による結界を敷いていた。外から毒ガスを注入するのは不可能だし、そこに穴を開ければ私にはわかる………騎士はそこまで小器用ではない」

そう、騎士であれば結界を破るにはその剣で斬るしかない。それにそもそも彼女の性格であればそんな搦手《からめて》は使わないはずであり、恐らく正々堂々結界を破っての奇襲を仕掛けてくるだろう………そうなれば接近されるまでにどれだけ私が高位の魔法の術式を構築できるかという勝負になったはずだ。

「状況を鑑みるに、毒ガスを撒いた犯人は最初から書庫にいたと考えるべき」

結界に侵入すればわかるのだから、結界を張る前から内側にいたと考えるしかない。もちろん私は事前に書庫内の生命反応を魔法で精査しているが、それを逃れる方法を持っていたかその後結界が張られるまでのタイムラグで侵入したのだろう。

そして侵入者はそのままずっと書庫に潜み、タイミングを計って毒ガスを撒いたのだ。さらに騎士がやって来るまでは自分も書庫に待機し、彼女が結界を壊したのを見計らって書庫から立ち去ったのだろう。

結界を張ってから書庫に毒が撒かれるまでにはかなりの時間があった。その間私にその存在を一切《いっさい》気づかせなかったのだから相当な手練れと考えるべき………もちろん私の悪癖のせいもあるだろうけど。

そして重要な点が一つ、その何者かは私を殺すつもりはなかったということだ。

「私を殺すならもっと重い毒を使えばよかったはずだし、そもそも首をひと掻《か》きするだけでよかったはず………つまり殺意はなかったと考えるべき」

魔物であればそんな抑制は利《き》かないし、魔族で殺すのを躊躇《ためら》うはずもない。だとすれば潜んでいたのは十中八九人間で、さらに騎士をハメようとしたのだとしたら私たちの事情に明るい人間ということになり………やはり身内の犯行と考えるべき。

「騎士を陥《おとしい》れることが目的で君を殺すつもりは無かったってこと？」

「………一挙両得を狙《ねら》った可能性もある」

単に自分の手を汚さない手段を選んだだけの可能性は充分にある。最終的にこちらを全滅させるつもりだとしたら失敗しても不和の種を蒔《ま》ければ個別に始末できる可能性は高まる。

「それと勇者」

あくまで正しい認識を彼に与えるべく私は続ける。

「毒を撒いたのは騎士ではないし彼女がはめられた可能性があるのも確か………けれど私を

殺そうとした殺意は彼女のもの」

その事実を勇者は明確に認識しておく必要がある。そもそも私へ声を掛ければいいだけのはずの結界を切り裂いて書庫に侵入した時点で騎士の殺意は明白だ。はめられたといっても押し入ったら私を殺しやすい状況が整えられていただけであって……恐らくだが騎士はそれが罠《わな》である可能性を鑑みた上で私を殺そうとしたはずだ。

「でも、騎士に君を殺す理由なんて……」

ないはず、そう続けたかったはずの勇者の言葉は途切れた。それで私は勇者が騎士から彼が知らなかったであろう事情を聞かされたことを察する。

「騎士から何を聞かされた？」

恣意的《しいてき》に情報を伝えられたのならそれは修正されるべき。

「みんなが僕を篭絡することを国から命令されていることと、その後に起こるだろう戦争の話……それと」

喋《しゃべ》りかけてまた彼の言葉が途切れる。私に伝えては不味《まず》い情報というよりは、口にするのが気まずいような表情。頬《ほお》が僅《わず》かに赤くなっているところを見ると騎士が似合わぬ色仕掛けでも行ったのだろうか……腹立たしい。あの女は確かに容姿や肉付きだけなら男の目を引く出来をしていた。

「色仕掛けでもされたの？」

「っ⁉」

口にすると露骨に勇者が動揺する。それに私は自身の身体を見下ろし……その全く肉付きの無い身体に眉《まゆ》を顰《ひそ》める。無駄にスタイルの良い女は全て滅ぶべき。

「いや色仕掛けっていうか……王にならないかとは言われた」

ごまかしているのは明らかだが、嘘《うそ》を吐《つ》いているようにも聞こえなかった。

「そう、馬鹿《ばか》な女」

それ以上の感想が私には浮かばなかった。

「魔法使い？」

「ところで」

その言葉の真意を尋ねようとしたであろう勇者に私は言葉を被《かぶ》せる。別にそれは隠すようなことでもないが、もう少し段階を踏んで話そうと考えていた。

「勇者は私に用があって書庫に来たんじゃないの？」

だから勇者に本来の目的を思い出させる。彼は最初から私を助けに来たわけではなく、別の目的で訪問しに来たところで殺されそうな私を見つけたのだから。

「あ」

ぽかんと抜けた表情を浮かべる勇者を、私は微笑《ほほえ》ましく見つめた。

◇

勇者の用事は再起動された城の罠を解除することだった。言われてみれば確かに城中に魔力が満ちており、その変化に気づくこともできなかった自身の悪癖には反省しかない。道中では聖女の結界に頼っていた甘えも出ているのかもしれないと私は自分を戒める……もう彼女はいないのだということを心に刻みつけるべき。

だから勇者は私が救うしかないのだ。

そのためには今回のような油断で命を落とすわけにはいかない。

「勇者、そこに罠」

そのことを強く意識しながら私は勇者に指示を出す。装置までの道中は勇者と騎士が一度罠を踏んでいるが、それなりの時間が経《た》ったのですでに再配置されている。厄介《やっかい》なのはその際に微妙に罠の位置が変わることであるが、私ならその場所を検知して解除までできる。

そして罠さえ解除できるなら今の魔王城に他の脅威は無い。配置されていた魔物も魔族も全て排除済みだ……懸念である他の仲間たちも勇者と一緒のところを襲ったりはしてこないだろう。

故《ゆえ》にそれほど時間もかからず私と勇者は罠を統括《とうかつ》する装置のある地下室へと辿り着いた。そこは二十メートル四方の広い空間の中心に紫色の大きな水晶が置かれていて、それを囲むようにして床全体を使った巨大な魔法陣が敷かれている…………それをよく観察すれば中央付近に五つの小さな魔法陣が組み込まれていることがわかるだろう。

「この中央の魔法陣が機能停止のための物」

次に同じことがあった時のために私は説明を交えてその魔法陣へと手を当てる。

「微量な魔力を掌に流しながら右に回すだけでいい」

起動させるのはその逆に回すだけと驚くほど単純だ。これが魔法国であれば魔力を特定の波長に調整しないと使えないようセキュリティをかけている。そうでなければ今のように簡単に侵入者によって機能を止められてしまうからだ。

「他の四つは？」

「機能調整用。罠の配置の組み換えやレベルの調整ができると思われる」

その辺りは魔法陣を読み取っただけで実際に触ってはいない。前回も今回も私は機能停止させただけだ…………再起動させた誰かもそれしか見ていないからそれらをいじっていないのだろう。その証拠に勇者が踏んだという罠の話を聞いても魔王を倒す前に私たちが遭遇したものとレベルが変わっていない。

まあそもそも、魔王城への勇者の侵入に際して最大レベルになっていない時点でおかしな話と考えるべき。

「念のために私の魔法で魔法陣を封印しておく」

止めてもまた再起動されては意味がない。この装置自体は誰でも操作できるものだが私の魔法で封印すれば話は別だ。解除するには私レベルの魔法技術が必要だし、単純に破壊しようとすればこの装置の魔法陣ごと壊れるだろう。

「いっそ壊しちゃ駄目なの？」

素朴な疑問のように勇者が口にする。確かに私たちがこの装置を利用することなどないのだから単純に考えればその方が手っ取り早く思えるだろう。

「安易な考えは危険とわきまえるべき。この装置は城中の罠に魔力を供給しているから下手に壊すのは危険……最悪の場合は城全体の崩壊もあり得る」

何せ魔王城全体の罠へと魔力を供給している装置だ。下手に壊して完全に機能停止する前に暴走でもされたら何が起こるかわからない。私が施した封印を誰かが破壊しても同様のことが起こる可能性はあるが、その場合は私にもすぐわかるので脱出するだけなら問題ない。

「安全に壊そうと思ったら時間がかかる」

その場合はまずはこの魔法陣全体の構造を把握する必要がある。装置を解体するのはそれからなのでいくら私でも二、三時間はかかるのではないだろうかと思う……流石《さすが》にそんな無駄な時間は使えない。

「じゃあそれが最善だね」

納得したように勇者は頷《うなず》く。私の施した封印だから当然私であればこの装置は自由に使える……それはわかっているはずなのでこんな状況下でも信頼されているということなのだと思う。

「勇者」

私はぽつりと彼を呼ぶ。

「何？」

「勇者は誰がこの装置を起動したと思う？」

「……魔王、だと思う」

唐突に尋ねる私に勇者は少し迷ってそう答える。流石《すが》にこの期に及んでは彼も第三者の可能性を口にはしなかった。代わりに私が提示した可能性に縋りつく……確かに憑《と》りついた魔王の仕業であれば仲間割れを望まない勇者の希望は叶う。

「勇者は私の話を信じたの？」

「魔法使いが僕に嘘を吐いたことは無かったはずだよ」

縋るような視線に信頼の籠もった声。確かに私はこれまで嘘を口にしたことは無い。魔王が他者にその魂を写す術式の研究をしていたのは事実だし、その可能性を示す証拠も提示している。

ただ、可能性はあくまで可能性であり確定していない話であるとわきまえるべき。

日記に書かれていた憑依《ひょうい》の術式が成功する可能性は低いと私は見ていた。それをあえて私は口にはしなかっただけの話だ。

「日記は読んだ？」

「………全部じゃないけど」

勇者が希望したので私は彼に魔王の日記を渡している。実際に魔王が自分にどんな感情を抱いていたか気になるのは当然だし、それで彼が私を信じるのなら都合がよかったからだ。

「なんというか、うん………濃かった」

他に表現しようがないという勇者の表情はげんなりとしていた………まあ、常に文章を情報として捉《とら》えようとして読んでいる私ですら怖気《おぞけ》を覚えたのだ。それがその感情を直接向けられている彼であればより不快感を覚えて然《しか》るべき。

「魔王は恐らく子供のようなもの」

「魔王が子供？」

意外そうな表情を勇者は浮かべるが私の推測は恐らく正しい。

「本来魔王を含めて魔族たちには感情と呼べるものは無い」

彼らにも考える頭はあるがそれはあくまで状況を判断するための機能でしかない。感情によって一喜一憂したりそれで判断を下したりというようなことはなく、人類を害するという目的を淡々と果たすためのものだ。

「けれど魔王には感情が芽生えた」

口にしながら視線を送ると勇者は頷く。その辺りの事情に関しては日記の最初の方に彼女が自ら記しているので彼も読んだはずだ。

まず魔王はその唯一の天敵とも言える勇者の動向を監視していたらしい。魔王である彼女が倒れれば軍勢は総崩れとなり人類を害するという目的が果たせなくなるからだ………しかしそれは自分にとっての死を注視することであり、それが彼女の中の生物としての本能を刺激したのだと考えるべき。

結果として魔王は勇者を観察するうちに彼に対しての感情のようなものが芽生えた。正直に言えばその過程は彼女に共感できるところもあるが………問題は魔王である彼女には芽生えた感情の制御が難しかったことだ。

なにせその感情の抑え方を教えてくれる相手はいないし、発散させようにも勇者は自分の天敵であって自分から近づくわけにもいかない。

「感情の制御ができなければ子供と同じ………厄介なのはそれでも彼女は魔王であったこ

と」

強大な力と権力もあり、そして知恵だけはある。そんな存在が子供のような感情の発露で行動するのだから厄介極まりない…………しかも感情が芽生えようが勇者を愛そうが本質的には人間にとっての悪なのだ。

日記にはその後も抑えられない勇者への愛情がドロドロと書き連ねられている。一応彼女なりに感情を制御しようと人間の情報を調べて日記を始めたらしいが、それがうまくいっていたかどうかは怪しい。

「最終的に彼女は勇者と結ばれるためには人間になるしかないと考えた…………その結論が死して魂となり相手の身体を奪う魔法の研究」

日記にはそこに至るまでの試行錯誤も記録されている。その中で最もページの割かれているのは自身が人間になる方法と相手の身体を奪う魔法の研究だが、それ以外にも勇者以外の人間だけを滅ぼすことや逆に彼を魔族に変える方法など様々な方法を検討していたようだ。

「魔王がそれを実行した可能性は高いと考えるべき」

成功したかはともかく実行した可能性は高いと私は考えていた。

「えっと、その根拠はなに?」

「これまでの状況が物語っている」

旅の間私はずっと違和感のようなものを覚えていた。それがなんだったのか魔王の日記を読んだことによって全て理解できた………つまるところ魔王は手を抜いていたとしか考えられないのだ。

魔王城までの道中にも何度も魔王による刺客が現れたが、そのどれもその当時の勇者の技量でギリギリ倒せるくらいの実力だった。もちろん当時は激戦だったこともあり疑問を抱かなかったが、後から思えばそれは勇者を殺してしまわない程度に成長を促していたのだろう………本気で勇者を殺すつもりだったなら最初から最強クラスの刺客を送るのが確実なのだから。

魔王城の罠にしても勇者が来るのがわかっているはずなのに最大レベルになっていない。魔法陣からぱっと読み取った程度ではあるが、もしもレベルが最大の罠だったらもう少し魔王到達までに私たちは消耗していたはず………それにあの食糧。あれは捕虜ではなく人間になった後の魔王と勇者のために用意されていたものだ。

「それに最後の戦いも、魔王は自身の最強の武器を見せなかった」

伝え聞いた話では魔王は魂を刈る大鎌を使うとのことだった。しかし実際に彼女が使ったのは武骨な漆黒《しっこく》の大剣。それは確かに魔王の膂力《りょりょく》と相まって驚異的な武器ではあったが、非常に強固で切れ味が鋭い以上の特別な力を持ってはいなかった。

「僕らは魔王に勝たせてもらったってこと？」

私の説が強固になることは勇者にとっても都合がいいはずなのに、あえてその根拠を尋ねてきたのはそれが理由だったらしい。確かにあの激戦が八百長だったのだと思うと私だって思う所がないわけではない……………けれど事実は事実と認めるべき。

「状況から判断すればそうなる」

「…………そっか」

寂《さび》しげに勇者がうつむく。魔王を倒し平和を勝ち取ったと思ったはずが聖女を殺され、さらにその勝利すらも自分たちの実力でなかったのだと知らされたのだから当然だ。

けれどそんな彼の反応に構わず私は本題を口にする。心苦しいものがないわけではないけれど、今は彼の心情よりも優先すべきものが私にはあるのだから。

「それは?」

「…………」

しかしそこで私は一旦《いったん》押し黙って周囲を見回す。

「一旦書庫に戻るべき」

つい話し込んでしまったが地下室には長時間いるべきではないだろう。何かあった際に逃げ道が限られているのは好ましくない。例えば書庫であれば最悪壁をぶち抜いて脱出するということもできるのだから…………もちろん、事前に危険に気づく必要はあるけれど。

それに勇者に説明するための資料…………あれも書庫に隠してあるのだから。

罠も解除したので書庫まで戻るのは早かった。その道中で異常は起こらなかったし、狩人や武闘家の姿を見かけることもなかった。

しかし油断はしないべき。私は書庫の扉の前で立ち止まると小さく呟《つぶや》く。

◇

命は青く、魔力は赤く

即座に探査魔法が発動し書庫内へと波のように魔力が流れた。内部に生物がいれば私の目にはそこが青く光って感じられるし、魔力を用いた罠などがあれば赤く感じられる。書庫内に毒を撒いた相手はこの魔法を一度掻い潜《くぐ》っているわけではあるが、だからといってやらない理由はない。

「勇者、念のために目視でも確認して」

「うん」

勇者は頷くと先行して書庫内へと足を踏み入れる。危険を彼に押し付けるのは心苦しいが、不意打ちでも無傷で切り抜けられる可能性があるのは勇者だけだ……魔法職が前に出ることは戒めるべき。

「大丈夫だと思う」

周囲を警戒して待っているとしばらくして勇者が戻ってくる。彼は私のような技術を持たないが野生的な勘というか、潜んでいるものを見つけることには長《た》けている。これまでも不意打ちに真っ先に反応してきたのは実のところ勇者だった…………本来は狩人の仕事であるべきだけど。

「一応また結界を張っておく」

扉を閉めてすぐに私は振り返る。これまた前回は意味が無かったものだがやらない理由もない。とはいえ破られた時にわかる程度のもので強度は必要ないだろう…………それよりも追加で別の魔法を検討するべき。

扉を封じ、宙を閉じ込める壁
簡単な結界魔法を唱え、次いでそれよりも複雑な術式を魔力で構築する。
影は潜み、影は待ち、影は喰《く》らう

魔法の発動と共に私の影の一部が鎌の両手を持つ獣の形となって扉の影へと潜んだ。

影獣《シャドウビースト》は私に対する敵意に反応して行動する魔法生物だ。存在できる時間はせいぜい一時間といったところだが、その間は私の認識にかかわらず行動してくれるので不意打ちに強い……たとえすでに書庫に何者かが潜んでいても効果はあるはずだ。

「終わった？」

「うん、まず座るべき」

と言っても書庫には椅子《いす》なんて快適な代物は置いてなかった。だから私は地べたに座って本を読んでいたが……勇者の前で胡坐《あぐら》をかくのは恥ずべきことと考えるべき。簡単な念動魔法を唱えて私は本の椅子を二つ作り上げた。

「ええと、いいのかな？」

しかし基本的に本というのは高級品だからか勇者は座るのを躊躇う。

「使ったのはあまり価値のない本ばかりだから問題ない」

流石にその辺りは私も気を遣《つか》っている。使用した本は魔王が人間の常識を学ぶために使用したと思われるもので知識としての価値は低い。もちろん本というだけで市場的な価値はあるが、本の価値はそこに記された知識であるとわきまえるべき。

だから躊躇わず私はそれに腰を下ろし、そんな私に勇者も躊躇いがちに腰を下ろした。

「えっとそれで……魔王が僕らに手を緩めたもう一つの理由だったよね？」

「そう」

それがこれから話す内容ではある。

「だけど話には理解するための順序がある」

「うん」

素直に勇者が頷く。これまでの私の教育が身に付いているようで誇らしく感じる。

「まず、一番大事なことを最初に話しておく」

なぜならそれは私がこれから話すこと全てに関係する事柄だ。それを聞いた勇者の表情が引き締まりじっと私を見つめる…………いきなりそういうのは止めるべき。こちらの感情が高ぶってこれから話す内容が頭から飛んでしまいそうになる。

幸いにして、まず伝えるべき内容はその感情のままで構わなかったからいいものの。

「勇者」

「うん」

「私は勇者を愛している」

「う、ん？」

その表情が完全に呆《ほう》けなかったのはつい最近同じ体験をしたからだろう。騎士に先んじられたのは腹立たしいが、彼に続けてこちらの話を聞く余裕があることはありがたくもある。

「それは、そのままの意味で受け取っていいの？」

「もちろんそうあるべき」

念のために確認を入れる勇者に私は頷く。

「………なんで？」

不安を覚えるようなその表情を見るに騎士から告白された際に何かあったのだろう。どうせあの脳筋のことだから高まった感情のままに勇者を押し倒そうとでもしたのかもしれない。

「ちゃんと明確な理由を話す」

その点私は感情を抑えて落ち着いて勇者に理解させる余裕がある。

「勇者には私の妹のことを話したことがあったはず」

「それは………うん」

頷く勇者の表情が不安から申し訳なさそうな物へと変わる。以前に魔王退治の旅へ同行した理由を聞かれて私は彼に死んだ妹のためにも世界を平和にしたいのだと伝えていた。その際には魔物に殺されたのだと話を変えていたが、本当は国同士の争いによるものだったのだと私は真実を話す。

「だから私は国々の争いが終わらない理由を突き止め、それを解決することで本当の意味の平和を世界にもたらしたかった」

騎士が勇者に話したように、魔王を倒したところで世界は平和にならない。共通の敵がいなくなったことで魔王の代わりに他国との争いが始まるだけだ………けれど物事には必ず原因がある。それを見つけて解決さえすれば本当の平和が訪れるのだと過去の私は信じていた。

「でも、それは不可能」

それに気づいてしまったから私は絶望したのだ。

「ごめん、それがどう僕への行為に繋《つな》がるのかわからないのもあるけど………ものすごく聞き捨てならない話を聞いている気がする」

「うん、だから真剣に聞くべき」

冷や汗を浮かべる勇者に私は真顔で頷く。

「勇者はなんで戦争が起こると思う?」

「えっと………根本的には国同士の政治体系の違いで仲が悪いから、かな?」

聞かされたことを思い出すように勇者が答える。確かに国同士の仲が良ければ今回のような資源の不足も最初から話し合いで済んだかもしれない………けれどそれはまだ表面的なものの見方であり、彼の口にしたような根本的な問題ではない。

「勇者、それは違う。もっとも根本的な問題はこの大陸が狭すぎることと知るべき」

「………狭い?」

思わずといったように勇者が首を傾《かし》げる。確かにそれも無理からぬことで私たちが住む大陸はその全体に対して人が住んでいる地域の方が遥かに少ない………その割合が逆転しないようにできているのだ。

「正確に言うなら、人の住める範囲が狭い」

「そんなことは…………」

「ある。なぜならこの大陸の資源は限られているから」

確かに住むだけならば平地はいくらでも余っている…………しかし資源となれば別だ。魔法国に足りていない耕作に適した肥沃《ひよく》な大地は少ないし、王国の求める鉄資源を多く含んだ山脈などは非常に限られている。

「言い方を変えるなら、この大陸は大勢の人間が生きられるようできていない」

だから国同士の争いが起こるのはある意味必然なのだ。小国であればそれほど問題は起こりづらいが、王国や魔法国くらいの規模になるとその資源の少なさが響いてくる。

国が栄えることによって人が増え、人が増えたことで必要な資源の量が領土で賄える容量を超えてしまう…………だから足りなくなった分を余所《よそ》から奪う。

この大陸で起きる戦争は突き詰めれば全てそんな理由に行きつくのだ。もちろん国同士の仲の悪さがそれに拍車をかけているのは確かだが、自国で満たされているのなら他から奪うための戦争なんてしない。前提としてどこかから奪う必要があるのが問題なのであって、国同士の仲はどこから奪うかを決める要因でしかないのだ。

「それでも助け合えば…………」

「確かに助け合いで資源を融通しあえば戦争の必要はない…………でもそれは将来的な共倒れ

を招き寄せるだけ」

足りない資源を融通しあえば確かにその場はしのげるだろう。しかしその場をしのいだことで国はさらに成長し必要となる資源の量も増大する。資源の融通は全体の量を増やすわけではなくあくまで一時的にバランスを整えるだけだ。両国の必要とする資源が最大値を超えてしまえば結局は破綻する……しかもその場合は国がより成長したことでさらに大きな破綻となってしまうはずだ。

「勇者、これは解けない呪《のろ》いのようなもの」

比喩表現は好きではないが、私にはそうとしか見えない。

「私たちの世界は同族同士の争いや……魔族や魔物、魔王による間引きによって成り立っている」

繁栄すればするほど資源不足による破滅が待っている。しかし魔族や魔物という日頃からある脅威、そして時折現れる魔王という災害によって国々は発展しては衰退することを繰り返している……その結果として大きな破綻を迎えることなく人間は存続しているのだ。

それを考えると魔王や魔族というのは意図的な存在ではないかとすら思えてくる。

「それは、流石に暴論じゃないかな」

「事実は認めるべき」

否定を期待する勇者の質問に私は即答する。彼の抱いた淡い期待はとうの昔に私自身も抱いて打ち砕かれてしまっている…………それが私の絶望だ。

「勇者、この世界に希望は無い。人間は永遠に争い続けて平和は訪れない」

「…………統一国家を作っても？」

騎士が提案した希望を勇者は口にする…………しかしそれは甘い幻想でしかないと認めるべき。

「一時的に平和になる可能性は認める」

それは事実ではある…………だがその先に待っているのは大きな破滅だ。争いが無くなれば人は大陸をすぐに埋め尽くすだろう…………そしてやがて不足した資源を奪い合って内部分裂が起きることになる。それは介入する者がいないがゆえに生半可のことでは止まらず、そこに至るまでの文明の発展のレベル次第ではそのまま人間が滅ぶ可能性だってなくはない。

そうでなくとも魔王や魔族が意図的な存在なのだとしたら、統一国家に対してより大きな抑止力として現れる可能性だってあるだろう。その場合は今以上に過酷な魔王による人類への攻撃が行われることとなり、より大きな犠牲が出るようになるだろうし下手をすれば人間側が勝てない可能性だって生まれる。

「そもそも統一のための戦争で致命的な被害が出る可能性も考えるべき」

何せそれは言い方を変えれば現行の全ての国を滅ぼすのに等しい。どの国の為政者だって全力で抵抗するだろうし、いくら勇者に民衆からの支持が高くとも悪政を敷いてもいない為政者との交代までは歓迎されないだろう。

さらに基本安定を望む教会とも敵対することになる。もしもそれで教会から神敵の認定を受ければますます民衆からの支持は遠のく……それこそ本当に世界全てを相手にすることになってしまう。

仮にそれらの全てを力でねじ伏せようとしたらそれこそ凄惨《せいさん》な戦争になるだろう。

「何を目的にしていても戦争はろくでもない過程を生む」

巻き込まれる人々にとっては崇高な理想も関係ない話なのだから。

「僕だって戦争は嫌いだよ」

それどころか争いそのものを勇者は好まないはずだ。恐らく魔王とだって話し合いができたなら彼はきっと戦いではなくそちらを選んでいただろう。

「でも、それじゃあどうやって呪いを解くの？」

「解けない呪いと私は言った」

それに気づいてしまった日を思い出すように私は目を閉じる。

「だから私は諦めた」

諦めて、目的を失ってずっと死人のような日々を過ごした。

「僕は諦めたくない」

けれど自分は違うのだと、勇者はむしろその目に籠もる感情を強くして私を見る。

「そう、そんなあなただからこそ私は好き」

自然と頬が緩んで私は微笑んでいた。

「え、魔法使い？」

「これは私が勇者を愛している理由の説明だと言ったはず」

それは最初に明示しておいたはずだ。

「正直に言えば私は最初勇者を愚かだと思っていた」

「………………」

それに苦い顔を勇者が覚えたのは初対面の頃の私の態度を覚えているからだろう。

「あなたは魔王を倒せば世界が平和になると信じていた………それはこの大陸に平和など決して訪れないと知る私から見れば愚かな考えとしか思えなかった」

私からの勇者は完全なる道化としか見えなかったのだ。

「でも、旅の間どんな困難に巻き込まれても勇者は諦めなかった………自分の信じる平和のために進み続けた」

そんな勇者を見るうちに私の心に変化が生まれたのだ。

「私は諦めてもう進むことはできないけど、あなたはきっと進み続ける………私が気づいてしまった絶望にだって立ち向かい続けるかもしれない。そう思えた時、私にとってあなたはこの世界で唯一の光になった」

「………物を知らなかっただけだよ」

自嘲《じちょう》するように勇者は口にするが、知った今でも彼は諦めていない。

「謙遜《けんそん》は時には美徳でないと知るべき………私は結局のところ机の上でしか物事を考えられない。狭い机上で生まれた結論を覆すことはできないの」

だから絶望を知って動けなくなった。

「けれど勇者はその時は机の外を探しに行く。それが見つかるまで絶対に諦めない………だから私は勇者に託したの。あなたさえ生きているのなら私が見つからなかった答えを見つけてくれるかもしれないから………そのために、私は自分の気持ちを隠した」

決してその気持ちを明かすことなく、私は初対面の時から変わらない鼻持ちならない知恵役を演じ続けた。

「騎士も、同じことを言ってたよ」

複雑そうな表情で勇者が口にする。

「それは違う」

けれど私はそれを否定する。

「恐らく騎士は勇者の幸せのために身を引いていたとでも言ったはず」

「………うん」

「私は勇者の命の保証のために身を引いた」

「えっ⁉」

予想外だったであろう私の返答に勇者の顔に動揺が浮かぶ。

「あなたの命のため」

だから私は念のために繰り返す。

「僕に、誰かから殺されるようなことが…………？」

流石に自分が利用される可能性は理解できても殺される可能性までは埒外《らちがい》だったらしい。殺されるという発想はこんな状況下に置かれた故仕方ないかもしれないが、勝手に結論を出すのは早計だと反省するべき。

「その可能性が無いとは言えないけど、あなたを殺すのはそれ」

私は彼の背に担《かつ》がれた聖剣を指さした。

◇

そもそも勇者というのは聖剣によって選ばれるとされている。聖剣は普段教会によって管理されており、魔王の出現やその予兆が確認されると持ち出されて今代の勇者を探す。

その方法は至極単純なもので候補者たちに聖剣を握らせるというものだ。しかし単純であるが故に手順の省略ができず、事前に候補者を集めておくなどの準備をしても各国を周って勇者を見つけるのに一年以上かかることは珍しくない。

そもそも勇者候補というのもある程度の年齢で大病や大怪我《けが》を負っていない程度の基準でしかなく、その基準も勇者である可能性というよりは単純に戦わせても支障のない健康な人間を選んでいるだけだ。

実際これまでの勇者の事例を見るに基準となるような統一性は全く無い。歴戦の戦士が選ばれたこともあれば色白で気弱な少年が選ばれたこともある。少なくともその時点での戦いに対する才能や適性などは基準ではなく、聖剣に選ばれたという以外の共通点は無かったのだ。

つまるところ、勇者だから聖剣に選ばれるのではなく聖剣に選ばれたから勇者になるのだと私は思う。勇者というのはその当人に勇者に相応《ふさわ》しい戦いの才能があるわけではなく、あくまで聖剣に適性を持った人間というだけなのだ。

「つまり聖剣とは適正者を勇者に作り替えるための装置」

聖剣で斬られた相手は霞《かすみ》となって刀身に取り込まれる。しかし私の見てきたところそれで聖剣が強化されたということも無く常に一定の性能だった……………つまりそのエネルギーは別のことに使われているのだ。すなわち使用者を勇者として戦える存在へするための改造に。

「そのことは勇者、あなたが一番理解しているはず」

何せその変化は当事者なら絶対にわかることだから。

「うん、そうだね」

どこか諦めたように勇者は頷く。

「結局のところ僕は聖剣に選ばれただけのただの村人だ」

特別な人間ではないのだと勇者は自嘲するが、彼はもっと己《おのれ》を知るべき。

「勇者、別に私はあなたが勇者だから好きになったんじゃない」

そんなものは所詮仮名にすぎないし、聖剣も結局のところ戦うために武器を取ることの延長線上のものでしかない…………そんなものは武器が上等かそうでないか程度の違いであってコンプレックスを抱くようなものじゃないと思うべき。

「私が惚《ほ》れたのはあなたの生きざま」

つまるところその剣を持って何を成したか、だ。

「でも」

「話を戻す」

その結論を覆す気はないので私は勇者の言葉を遮《さえぎ》った。

「問題は、聖剣の副作用」

「⁉」

その時勇者が浮かべたのは驚きではなく、気づかれたことに対する不安だった。

「私には想像しかできない…………でも、恐らくただの人間から勇者を遂行できる存在へと作り変えられることは相当な苦痛のはず」

今の勇者は剣の一振りでどれだけ硬い金属であっても砕けてしまうし、どんな攻撃を受けても一切怯《ひる》むことなく行動できる…………以前には身の丈の数倍もあろうかというゴーレムの攻撃を素手で受け止めてその巨体を投げ飛ばしていた。

ほんの数年前までただの村人だった彼がそうなっているのだ…………対象者の負担を抑えるような改造ではどう考えても不可能だ。

「そうだね、教会の人からそのことは事前に聞かされてはいたけど…………最初は眠れない日も多かったかな」

そう呟いて勇者は苦笑する。しかしその話の恐ろしいところは彼がその事実を他の誰にも気づかれていないことだと私は思う。本来であれば我慢できるような痛みではない。それなのに勇者は昔から自分をよく知るであろう狩人にすらその事実を気づかせず平然を装っていた。

恐らく、聖剣が勇者を選ぶ基準はその改造に精神が耐えられるかのみだ…………元の能力がどうだろうがそれに耐えられれば魔王を倒せる性能になるのだから。

「問題は、改造の度合いによってはいくら勇者でも精神が歪《ゆが》むということ」

私は一冊の本を手に取るとそれを勇者へと渡す。

「これは?」

手渡された本を見て勇者が尋ねる。それはなんの装丁もされず、題名すら記されていないいただの黒い厚紙が表紙になっていた。

「それはエクティス王家に秘蔵されていたはずの本」

「えっ⁉」

勇者が驚くのも無理はない。本来であれば王族のみに受け継がれて他者が見ることなど一生ないはずの代物だ……魔王がどうやってかそれを奪いここに納めなかった限りは。

「……どんなことが書いてあるの？」

それを開くことなく勇者は尋ねる。

「必要なところだけを説明するなら、八代前の勇者エルディスと二代前の勇者アルスの死の理由について書かれている」

それは一般的には知られていない二人の勇者の生涯を記した本だ。

「えっと、勇者アルスは聞いたことがあるけど……病で亡くなったんじゃなかったっけ？」

昔を思い出すように首をひねりながら勇者が呟く。比較的新しい勇者の話であれば田舎《いなか》でも伝え聞くことはあったのだろう。

「違う、その本によれば勇者アルスは乱心して死んでいる」

「……乱心？」

「そう」

私は頷く。魔王討伐後に勇者アルスは王国に招かれた……しかし次第に心身のバランスを崩して酒や女に溺れるようになり、最後には乱心して暴《あば》れまわり多数の死者を出した挙句に自死したらしい。

そんな勇者の醜聞を当然公にすることもできず、王家はそれを病死として隠蔽《いんぺい》して事実はごく一部の人間のみに伝えることにしたのだ。

「恐らくその原因は聖剣による勇者の改造が行われ過ぎたこと」

本によれば当時の魔王は相当に強かったらしい。それに対抗するために聖剣が勇者を強化し続けた結果その限界値を超えてしまったのだろう。もちろん当初は勇者アルスにもすぐわかるような異常は無かったらしいが、歪んだ心身は少しずつ崩れて最後には完全に壊れてしまったようだ。

「僕は大丈夫だよ………まだ限界を超えたような感覚は無い」

「そうかもしれない」

それは素直に私も認める。

「日記によれば魔王は勇者が強化され過ぎないよう気を遣っていた」

その分の皺《しわ》寄せがこれまで以上に苛烈《かれつ》な各国への侵攻だったが、そこまでは口にする必要はないだろう。それは魔王が勇者への愛と自身の本能とのバランス取りで勝手にやっていたことで彼に責任があるわけではない。

「それなら」

「けれど勇者エルディスの場合は違う」

本の内容によれば八代前の勇者エルディスの相手だった魔王はそれほど強くなかった。しかし魔王討伐からしばらくしてエルディスは体の不調を訴え……その肉体が急激に変質していったらしい。

最終的にエルディスは異形の怪物となり果てて理性を失い、正体不明の怪物として王国軍総出で退治されたらしい。

「その原因は恐らく強化の失敗なのだと思う」

魔法国での回復魔法の実験で被験者の細胞が異常に増殖してしまったケースを見たことがある。その時も細胞は正常な増殖を行うことができずどんどん異形と化していた。

勇者はその肉体の頑強さもだが非常に高い生存能力を持っている。簡単な怪我ならすぐに治ってしまうような再生能力もその一つだが、恐らくその強化に失敗しており何かの拍子で暴走したのがエルディスのケースなのだろう。

「今は無事に見えても将来は安心とは言えない」

「…………」

「だから、私は聖女にあなたを託すつもりだった」

「それはなぜ？」

繋がらないという表情で勇者は私を見る。

「恐らく、教会は聖剣の副作用を抑える方法を知っている」

それを証拠に調べた限りでは魔王討伐後教会に帰依した勇者は皆天寿を全うしている。その中にはアルスのように強力な魔王と対峙《たいじ》した者もいたし、魔王討伐後に不調を訴えている者もいた……しかしその後は何事もなかったのだ。

「そんな方法があるなら……」

「公開しない理由は勇者の信用を守るため。魔王を唯一倒せる存在である勇者がそんな欠陥を抱えていることが知れたら、なり手もいなくなるし民衆が希望を持てなくなる」

勇者とは人々にとっての希望なのだ。その希望にたとえ僅かであっても陰りがあることを知られるわけにはいかない。勇者が完全無欠の英雄であると信じているからこそ、人々は勇者が魔王を倒すまでその脅威を耐え抜くことができるのだから。

「もちろん教会には秘密裏に勇者が所属した国に対処法を教える方法もあったはず……それをしないのは恐らくそれに聖剣が関係しているから」

魔王討伐後に聖剣は教会が回収し次の勇者が必要となるまで保管することになっている。これまでに魔法国は何度も聖剣の研究を教会に要請しているが、教会は聖剣を神に与えられた神聖なものでありそれを探るような試みは冒瀆《ぼうとく》だとして拒否している。

それがそのままの意味か、それとも余計な技術を与えたくないからなのかはわからない。だがいずれにせよ聖剣を貸し出すことができないからこそ対処法を伝えられないのだと考えるのが妥当だろう。

「だけどもうあなたを教会に託すという選択肢はない」

教会は人々の安寧《あんねい》を是としているが、いかなる思想を持とうとも人が集まれば権力闘争は必ず起こる。聖女という庇護者《ひごしゃ》の無い勇者など教会上層部の人間たちにとっては格好の利用対象でしかないだろう…………聖女を失った教会にとって彼は代わりの偶像として最適だ。

「あなたは私が助ける」

思えば他力本願に聖女に委《ゆだ》ねようとしたのが間違いだったのだ。本当に勇者を助けたいと思うのなら最初から自分の手で行うべき。

「そのためにも勇者には魔法国に来てほしい…………幸いというか私も騎士と同じく上からあなたを国に招くように命令されている。受け入れの態勢は万全」

「やっぱり、命令はあるんだ…………」

「でもこれは私の意思」

議会からは命令順守のために魔法による制約をかけられていたが、そんなものは勇者を聖女に託すと決めた時点で解除してある。

「恐らく議会はあなたを非人道的な面も含めて徹底的に研究しようとするはず…………だけどそんなことは私がさせない。私がするのはあなたを救うための研究だけ。それ以外に勇者を害そうとするあらゆるもの私は排除する」

長年議会の言うままに従って様々な命令をこなしてきた私だから、彼らの後ろ暗いところはいくらでも知っている。勇者を害そうとするならいくらでも切り崩してやるし、物理的にこの世から消えてもらうことだって躊躇いはしない……………私の思いの強さを知るべき。

「勇者、私はあなたを愛している…………だけどあなたを救うことでその見返りを得ようとは思っていない。身体に何の問題が無くなった後で何をするのも勇者の自由」

できれば、そうできれば私だって勇者と結ばれたいと思っている。しかしそれにこだわるがあまり勇者という光が失われることの方が許容できない…………最優先は勇者の命であると心に刻むべき。

「僕がそうしたら、他の皆はどうなるの？」

「どうにもならないし、どうにもしない」

あちらから何かしてこない限り私に皆をどうこうするつもりはない。騎士は私を危険と感じて排除しようとしたのだろうが、勇者さえ救えるのならそのことを恨《うら》むつもりもない。

「そもそも勇者が承諾したなら私はすぐにこの城を出るつもり」

聖女を殺した犯人捜しなどわざわざする必要はないと私は考えている。わざわざ相手の土俵で戦ってやる理由などない……………いち早く国に戻って事の次第を知らせれば済む話だ。私たちの無実を明らかにしたうえで各国が総出を上げて犯人捜しを行えば、犯人のできることは逃げるか素直に罪を認めるかだけだろう。

「それは、みんなを見捨てるってこと？」

「………狩人を連れて行くことは認める。けれどあの二人は危険だと判断すべき」

魔王が憑依している可能性は低いと私は考えているが、少なくとも騎士は勇者を魔法国へ連れて行くことを認めはしないだろう………そうでなければ私を殺そうとなどしない。

それでも騎士は正面から向かってくるだろうからまだマシだろう。問題は武闘家の方で、魔王城のような密室で彼女を好きにさせている現状はあまり好ましくないと考えるべき。

狩人に関してはまあ、連れて行っても人畜無害だろうから問題ない。途中で勇者の故郷であるという村に帰してもいいし、勇者が望むなら魔法国に移住する手続きくらいはしてもいい。

「駄目だ、僕にはそれはできない」

けれど勇者は首を振る。

「どうして？　これはあなたの命の問題」

「それはわかってるけど、二人を放っておけない」

その答えは実のところ聞くまでも無くわかっていた………そんな彼だからこそ私は好きになったのだから。

「それは二人のどちらかに好意を抱いているから？」

「………仲間だからだよ」

申し訳なさそうに勇者は口にする。それには私はほっとしつつも、その範疇《はんちゅう》には私も含まれているのだろうと感じた……それだってわかっていたことのはず。それでも自分が女として見られていないことを改めて知らされると胸の奥から抑えきれない感情が湧《わ》いてくる。

「もし」

先ほど刻み込んだはずのことを思い出すべきと私は思うが、

「もしもこの提案をしたのが聖女だったら勇者は頷いた？」

それでも言葉が口から漏《も》れる。

「それとももっと私が、魅力的な異性だったら……」

「そんなことはっ⁉」

慌《あわ》てて勇者が遮ろうとするが私の中には薄暗い感情が浮かんでいく。

「どうせ私は騎士のように女らしい身体つきをしていないし、聖女のように気立てのいい性格をしていない……陰気で知識をひけらかすだけの鼻持ちならない女だってわかってる」

全ては今更の話なのだと自分でもわかっている。これまで女としての努力を何もしていないのに、女として見られたいなんて恥知らずと知るべき……それなのに、どうして自分でもこんな感情を露《あら》わにしてしまっているのかわからない。

「ま、魔法使いはちゃんと魅力的だよ……身体つきはそりゃあ騎士に比べたら細いけどその華奢《きゃしゃ》な身体は女の子らしくて守ってあげなきゃって思えるし、前髪に隠れたくりっとした黒い瞳《ひとみ》は宝石みたいに綺麗《きれい》だと思う」

「……お世辞はいらない」

必死に言葉を捻《ひね》り出《だ》す勇者に、私の喉《のど》からは冷たい声が出た。

その善意は嬉《うれ》しいけれど…………だからこそ虚《むな》しい。

「いや僕は本当に」

「それが事実だとしても」

私は遮って淡々と言葉を紡《つむ》ぐ。

「結局私は勇者にとって恋愛対象ではない」

本当に、何を言っているんだろう私は。ほんの少し前にそれで構わないと勇者に告げたはずなのに…………結局私も魔王と変わらなかったらしい。感情を制御できない。

よくよく考えてみれば私にとってこれが初恋なのだ。研究に生活の全てを捧げ、感情を殺して議会の命令をこなし続けていた私が恋愛感情に免疫などあるはずもない…………それなのにずっと抑え込んでいたものをいきなり解放したのだから制御なんてできるはずもない。

「魔法使い！　僕は！」

「いい」

そう、いいのだ。これからするべきだったことを考えればこの感情の暴走はむしろ都合がいい…………その方が躊躇わないでできるだろうから。

「勇者、私はあなたを救う」

それが優先順位の最上位であることは変わっていない。

「そのためであれば、あなたの意思だって私は考慮しないと知るべき」

私は懐《ふところ》に手を入れると事前に魔法の術式を封じておいた宝石を躊躇いなく砕く。高位の魔法術式を封じられるような宝石は非常に貴重で価値が高いが私に惜しむ気持ちは欠片《かけら》も無い。道具は使うためにあるのだと理解するべき。

私は友、私は家族、私は恋人、私は主

それは精神系の魔法で魅了を超えて相手を意のままに洗脳する魔法。並の人間であれば即座に私の意のままとなり、死ねと言われてもそれに従うだろう。

「魔法使い、何を…………？」

しかし勇者はくらりと頭を揺らしただけで魔法に耐えきってしまう。

だがそんなことは最初からわかっている。聖剣に選ばれる条件がその堅固な精神にあるのならば勇者に精神魔法が通じるはずもない…………けれど一瞬の隙《すき》はできる。その隙を使って私は亜空間から取り出したそれを勇者へと振りかぶる。

魔王があえて使わなかった、その武器を。

◇

魂裂き《ソウルスラッシュ》。伝承によればその大鎌は勇者の仲間をただの一振りで傷一つなく死に至らしめた。その刃は対象の肉体を傷つけることなく魂だけを切り裂く……それに耐えられたのは勇者のみ。だから魔王との決戦は必然的に直接魔王と戦う勇者を後衛が支援する形となり、それ以外の前衛職はいざという時の肉盾《にくたて》として待機するのが一般的な戦い方だったらしい。

だから私たちもそんな戦い方となることを想定していたし、魔王が魂裂き《ソウルスラッシュ》ではなく漆黒の大剣を持っていたことには動揺もした……しかし結果として騎士も武闘家もまともな戦力として活躍できたことで魔王を想定よりも楽に倒すことができた。

その時は何かしらの理由で魂裂き《ソウルスラッシュ》が失われたのだと考えていたが、魔王の考えが知れた今となっては勇者にあえて倒されるために置いてきたのだとわかる……ではそれをどこに置いたのかと考えるのは私にとって自然な流れだった。

玉座の間ではないだろう。流石にあの場にあって使わなければ違和感が大きい。しかし魔王城のどこかにただ置いたのでは私たちに回収される可能性もある。それでももしも魂裂き《ソウルスラッシュ》を私たちに使われたらその魂ごと滅されて憑依の術式など成功するはずもない。

だから隠すのなら別の空間だろうと私は当たりを付けた。適当な場所に亜空間を生み出してそこに放り込んでおけば誰からも見えない隠し場所だ。そして隠す側の心理からすればどこでもいいからといって適当な廊下などに隠したりはしないだろう………私はまず書庫を調べてそれでいきなり辺りを引いた。実を言えば魔王の日記も書庫に無造作に置かれていたわけではなく、魂裂《ソウルスラッシュ》きと一緒に書庫内に作り出された亜空間へと隠されていたのだ。

そして勇者に渡した日記からは削除しておいたけれど、魔王は魂裂《ソウルスラッシュ》きを自身の目的に利用することを考えていた………それを魔王は断念したようだったが、私が完成させて今はこの手に握っている。

「やはり、私が使うには重かった」

完全に虚を突いたつもりだったのに勇者は両手で私の一撃を防いでいた。しかし避けることも剣を抜くこともできなかったならそれで充分………いくら勇者の肉体が頑強でもこの大鎌の前には意味がないと知るべき。

「ぐっ」

もっともその苦痛の呻《うめ》きがすでに充分な理解を表しているけれど。

「両手で防いだのは失敗、いくら勇者でもそれじゃあ剣を抜けない」

「魔法使い、それは…………?」

「私たちとの戦いでは魔王が使わなかった魂裂《ソウルスラッシュ》き………今は魂砕《ソウルクラッシュ》きとでも呼ぶべきもの」

つい答えてしまいながらも私は勇者へと向けて魂砕《ソウルクラッシュ》きを振るう。両腕が満足に動かせなく

なっている勇者は下がってそれを躱《かわ》し、そのまま大きく距離を取る…………やはり前衛職でない私にはこんな大鎌を使いこなせる身体能力がない。

「魔法、使い…………なん、で⁉」

まともに動かない両腕で背に担いだ聖剣を抜こうと苦心しながら、勇者が尋ねてくる。

「勇者、大丈夫だから。この大鎌にはもうあなたを殺せるほどの性能は無い」

本来は魂を切り裂くものだったこれに性能を落とす術式を書き込むことで私は砕くものとしたのだ。

「これからあなたの魂を修復可能な状態に抑えて砕く」

魂を砕かれればいくら勇者といえどまともに意識を保つことはできない。もちろん口にした通り修復可能な状態に抑えはするが、その状態であれば私の精神魔法に抵抗することなどできるはずもない…………聖剣の副作用に関する研究が済むまで勇者にはその状態でいてもらう。

魔王は人形のように自我の無い勇者と結ばれても意味がないとそのプランを放棄したが、私の目的にとっては意味がある。

「問題が全てなくなったら元に戻す。無理矢理にでも勇者には救われてもらう」

「…………魔法使いっ⁉」

断固とした私の言葉に悲壮な表情を浮かべて勇者が聖剣を抜き放つ。しかし私もそれを黙ってみていたわけではない…………話しているうちに使うべき魔法の術式は完成している。

この身に宿るは戦士の剛力、武闘家の敏捷《びんしょう》、勇士の剛勇
身体強化の魔法。非力な後衛職である私が一時的に前衛職並みの戦闘能力を得ることができる……もちろん、戦闘経験までは得られないから本来なら本職に勝ち目はない。けれど今の勇者は目にわかるくらいに剣を握る手に力が入っていないのだ。

ガキィ

距離を詰めて大降りで振るう私の一撃を勇者は辛《から》くも受け止め、けれど大きく上に弾《はじ》かれて下腹を大きく晒《さら》す……その体勢が戻る前に私は大釜を引き戻して彼の腹を横薙《よこな》ぎにした。

「がっ⁉」

魂に響く苦痛に思わず勇者が前屈《まえかが》みになる。それでも私が追撃を仕掛けるより前に身を起こして身を引いたのは流石勇者としか思えない。

「ぐ、僕は………！」

力なく剣を前に伸ばし勇者が私を見る。彼が追い詰められているのは明らかで、それでも私に敵意を覚えていないことは影獣《シャドウビースト》が反応してないことでわかる。そんな彼だからこそ私は

好きになったのだと思い浮かんだその瞬間、真っ黒な獣が彼の背後に迫るのが見えた。

「え」

思わず呆けてしまった私を余所に影獣《シャドウビースト》は勇者と私の横を通り過ぎる。

「⁉」

その事実に私の思考が再起動するが、もはや遅すぎるという実感があった。振り向こうとしたその瞬間に背中から肺へと浸透する衝撃に無理矢理口から空気が押し出される。

けれど私だってこの旅の間ずっと勇者の後ろに隠れていたわけではないし強化魔法の効果もある。痛みを堪《こら》えて振り返りながら背後の空間を魂薙ぎで横薙ぎにしようとする。

とん

と。先ほどより軽い感触が今度は手に走り、私の意思に反して魂砕《ソウルクラッシュ》きがくるりと回ったと思ったら手から消えていた。まるで魔法のような手業だったが、振り向いてそこにいた相手を見てすぐに納得する。彼女の技量であればそれは造作も無かっただろう。

武闘家は今しがた私から奪った魂砕《ソウルクラッシュ》きを右手に持ち、左手で影獣《シャドウビースト》の首を握《にぎ》り潰していた。

「武闘家？」

驚く勇者の声に私の意識が取られたその瞬間に魂砕き《ソウルクラッシュ》は振るわれていた…………それに私はギリギリで右手を突き出す。

壁よ在れ
瞬時に展開された魔法障壁が魂砕き《ソウルクラッシュ》を防ぐ…………が、一体あの小さな体躯《たいく》にどれだけの膂力が詰まっているのか障壁ごと私は撥《は》ね飛ばされた。

「魔法使い⁉」

戸惑う勇者の言葉が聞こえる中で私は壁際《かべぎわ》の大きな本棚へと叩きつけられ、そのままバウンドして床へと叩きつけられる…………さらに倒れる私へと降《ふ》り注《そそ》ぐ本のおまけがあった。

「こ……のっ！」

それでも瞬間的に全身から魔力を放出して本を吹き飛ばす。魔法を使うより消耗は大きいがこの状況は何よりも早さが大切と考えるべき…………けれど遅かった。立ち上がる私の眼前にはすでに武闘家が駆け込んでいて、魂砕き《ソウルクラッシュ》を私の首筋目掛けて振り下ろしていた。

死ぬ

刹那《せつな》の瞬間に私はもう何をしても間に合わないと理解していた。私は魂裂き《ソウルスラッシュ》を魂砕き《ソウルクラッシュ》へと劣化させたが、それでも耐えられるのは勇者だけだ。普通の人間がまともにその一撃を受けたなら魂は修復不能なくらいに粉々になって即死する……その効果を武闘家が知っているか知らないが、ただの大鎌であっても私の首が飛ぶ勢いだった。

「勇、者」

それでも私が死ななかったのは魂砕き《ソウルクラッシュ》の柄を後ろから勇者が掴《つか》んで止めたからだ。

「おにーちゃん、放して」

そこで初めて武闘家が口を開く。口調そのものはいつもと同じだが、声からは感情が抜け落ちていて全く抑揚が無かった。勇者に止められた今も私を殺すことを諦めていないらしく、魂砕き《ソウルクラッシュ》を握る手が力の拮抗《きっこう》でぷるぷると震えている。

「放したら、魔法使いを殺すだろ」

「うん」

苦虫を噛《か》み潰したような表情の勇者に、武闘家は偽《いつわ》ること無く肯定する。

「自分を殺そうとした相手なのにおにーちゃんは庇《かば》うんだね」

「それは」

違うと勇者は口にしようとしたのだろうか、いずれにせよ続きの言葉が出る前に武闘家は魂砕《ソウルクラッシュ》きから手を放して後方へと大きく下がった…………勇者はそれを追いかけようとせず、まずは私の首の寸前で止まっていた魂砕《ソウルクラッシュ》きを持ち上げてその刃を遠ざけた。

「これは、僕が壊す」

預かるではなく壊すと勇者は告げ、私は彼を救うという目的が潰《つい》えたことに落胆するしかなかった…………いや、諦めるべきではないと思い直すべき。

私は勇者のことだけは最後まで諦めない。

「あれ？」

その数秒のやり取りの内に武闘家が消えていることに気づき、勇者が目を丸くする。

「勇者」

ひとまず脅威が去ったことに安堵《あんど》しつつ、

「武闘家の本職は恐らく暗殺者」

私は一つの事実を彼に告げる。

「だとすれば、私たちとは違う命令をきっと受けている」

今の状況が、勇者に否定の言葉を紡げなくしていると知りながら。

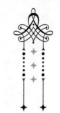

？？？の観察 4

「その後は傷を癒《い》やすためもあって騎士と軟禁されていた」

「私に守られていたの間違いだろう」

「その後の出来事については私以外から語ったほうが順序はいいと考えるべき」

騎士の皮肉を無視して魔法使いは武闘家に視線を向ける。

「ただ、これだけは言っておく…………勇者を救えるのは私だけ。この後にいかなる結論が出ようとも彼の身柄は私に委《ゆだ》ねるべき」

最後にそう告げて魔法使いは話を締めくくった。しかし彼女は勇者の命を救いたいとは思っていてもその心には寄り添っていないように私には思える。

たとえ命が救われても、その間に自分の大切に思う何もかもが失われていたらその時勇者はどう思うだろうか…………結局のところ彼女は勇者のためというよりも自分の大切なものを失いたくないだけのように思えた。

「その話はまあ今は置いておいて…………みんな今の魔法使いの話に異論はない？」

見回す勇者に誰《だれ》も口は開かなかった。

「武闘家も？」

「うん、ないよ」

名指しで尋ねられた武闘家ははっきりと頷《うなず》く。

「だって僕が暗殺者だったのは事実だしね」

そして悪びれる様子も無くその事実を認める。しかしそれを認めるのは武闘家にとって大きなリスクのはずだ……なぜなら暗殺が仕事であるならそれは犯行自体が彼女自身の感情とは乖離《かいり》することになる。武闘家に相手を殺す動機がなくともそれが依頼されたことであれば実行するということなのだから。

「でもね、今の僕はただおにーちゃんを大好きなだけの女の子だから……隠すことなんてなにもないんだよ」

にこにこと、それを口にすることが嬉《うれ》しくてたまらないというように武闘家は続ける。

「それなら隠すことなど何もないだろう」

その真偽を図るような視線で騎士が武闘家を見やる。

「全《すべ》て話せ」

「もちろんそのつもりだけど……」

武闘家は騎士を横目に勇者に視線を向ける。

「それはおにーちゃんから頼んでほしいな」

これまでの二人がそうだったように、背中を押す役目は勇者であるのだと。

「わかったよ」

それに勇者は頷いて武闘家に視線を返す。

「僕らの前から去った後からのことを教えてほしい」

「うん」

にっこりと頷いて武闘家は語り始めた……………彼女の過ちと救いを。

武闘家編

スフォルツァ傭兵《ようへい》国は武力を生業としている国だ。土地柄として資源が乏しく、その大本は山賊の集団のようなものだったと聞いている。周囲の村々から資源を略奪し、しかし獲物である村々が滅んでは困ると代わりに魔物を退治して守った……そしてその規模が大きくなるに応じて武力の乏しい小国に守備のための兵を貸し出すようになり、また国同士の小競り合いにも自分たちを武力とし売り込むようになったのだと。

けれどその当時と違うのは今では表沙汰にできない武力も貸し出していることだ。傭兵国では裏で子供を暗殺者として育てており、様々な状況下での暗殺を想定して貸し出している……僕もその一人。赤子のうちに捨てられていたところを国によって拾われ、国の命令に従ってただ暗殺を行うだけの存在として育てられた。

本来であればそんな暗殺者が勇者の同行者に選ばれるはずはない。しかしある日僕は魔王退治に赴く勇者への同行を他《ほか》ならぬ傭兵王から命じられたのだ。もちろんそれ自体もだが、そもそも木《こ》っ端《ぱ》の暗殺者にすぎなかった僕に王が会いに来ること自体が異例だった。

「戦乱を起こしてえんだよ」

傭兵王は開口一番に僕へそう告げた。つまるところこれから語る全《すべ》てはそこに繋《つな》がるのだと僕に教えるように。

「…………」

けれど僕はそれに何の反応も示さなかった。なぜならその時の僕は反応を示すように命令を受けていない。だから命令が与えられるまでただ与えられる情報を読み込むだけだった。

もちろんそんなことは傭兵王だって知っていたはずだ。思うにきっと彼は僕に理解を求めていたのではなく、単に誰《だれ》かに話すことで自分の考えを整理したかっただけだろう…………だって暗殺者にその理由を話す必要などない。ただ誰を殺すか命じるだけでいいのだ。

勇者を殺せ
この場合はその一言で済んだはずなのだから。

◇

書庫を滑るように抜け出して僕は適当に廊下を走って距離を稼いだ。勇者と魔法使いが罠《わな》を解除してくれたおかげで警戒せず全力疾走できる…………二人は書庫で、騎士は自室で自主的に軟禁されているようだし、狩人であれば遭遇しても一瞬で気絶させられるから方向も適当でよかった。

「ふ、う」

適当なところで僕は足を止めて小部屋へと入り込んだ。中には何もない小部屋。魔族や魔物が潜んでいただけのその部屋の用途を勇者たちは不思議がっていたが、僕は単にその用途のためのだけの部屋なのだろうと思っていた…………だって魔族や魔物は人を害することだけが目的でそのため以外に行動しない。だから必要がない時はこういう部屋でまとまって待機していたのだろう…………かつての僕や仲間の暗殺者たちと同じように。

「…………ちょっと無理し過ぎたかな」

あの大鎌で勇者と張り合った右手がぷるぷると震える。僕は肉体限界を超えた力を振り絞ったというのに結局彼を押し切ることはできなかった…………やっぱりおにーちゃんはすごい。

「こっちの手は癪《しやく》だけどねー」

魔法使いの生み出したであろう影の獣を握《にぎ》り潰《つぶ》した左の掌はずたずたに裂けていた。変幻自在の影である獣が握られる直前にその表皮を無数の棘《とげ》へと変えたからだ…………もちろん痛みはあるけれど、それを苦に感じるように僕はできてない。それに僕の身体《からだ》は常に一定の形を保つようにできているのでこの程度なら自動的に修復される。

「つい飛び出しちゃったけど、いきなりおにーちゃんに見られちゃったのは失敗だったなあ」

密《ひそ》かに様子を窺《うかが》うつもりだけのはずだったのに、魔法使いが突然おにーちゃんを襲い始めるからつい手を出してしまった……やっぱりあの女は重い毒で仕留めておくべきだっただろうか。必要だと思って残したのは失敗だったかもしれない。

「一応、うん、一応一度くらいは試すつもりだったのに……やっぱり駄目かもしれないねー」

傭兵王から与えられた命令は勇者の暗殺以外にもう一つ。お前ではどうせ無理だろうがなと傭兵王も笑いながら命じたもので、僕だって無理なのはわかってる……でもそれだけが何もが穏便に済む唯一の方法でもあった。

「あーあ」

なんでこんなことになってしまったのだろうと僕は思う。もちろんなんでもなにも全ては僕が感情なんてものを得てしまったことが原因だと自分でわかってはいる。本来であれば表向き僕たちの人格に見えるものは、普通の人間であればこういった反応を見せるだろうと教え込まれた上での演技でしかない。

もしも僕が傭兵国にいた頃《ころ》の僕のままだったら、きっと今頃《いまごろ》何の感情を抱くことなくこの城にいる人間を皆殺しにする手段を模索して実行していただろう。そしてそのことを勇者から咎《とが》められてもその油断を誘うために彼を慕う演技をしていたはずだ………演技、そう全ては演技だったはずなのだ。

僕が初めて会う勇者に対して選択したのは彼を兄として慕う妹のような演技だった。その理由はおにーちゃんを心配で村からついてきたという狩人の存在だった。

勇者の一つ年上で姉のような存在なのだという狩人は純粋におにーちゃんを心配しているようではあった。しかし彼女が彼を見る目は恐らく幼い頃と全く変わっていないのではないかと僕は推測した………そしてそれがおにーちゃんはありがたくも好ましくはない様子だった。

それはまあ、当たり前の話だろう。子が親からいつか自立するようにおにーちゃんだって姉のような存在である狩人から大人として認められたいと思っていたのだ………問題は、それを肝心の狩人が全く理解していなかったことだ。

そんなコンプレックスを抱くおにーちゃんにとって妹のような庇護《ひご》すべき存在は、相対的に自分が一人前の人間であると自覚することのできる相手になる。そんな私の予想は見事に的中しておにーちゃんは僕の面倒を積極的に見るようになった。


あれは、そう。何でもない旅の一幕だった。

荒野の中に聖女が結界を敷いてそこにテントを張って、ようやくゆっくり休める状況となったところでおにーちゃんがみんなにお茶を淹《い》れてくれたのだ。手渡しで皆に配られていくコップを僕は顔に笑みを張り付けたまま観察していた。

そして最後に僕におにーちゃんがコップを手渡して、

「うん、ありがとうおにーちゃん」

「はい」

そして僕は心の底からそう口していた。その時の驚きを僕は一生忘れることは無いと思う………そもそも、驚くという感情すら僕はその時初めて知ったのだ。この世の全ての要素は任務遂行のための情報でしかなく、驚くような情報もただ新しく得られた情報として処理されるはずだったのだから。

これまでどんな任務に就いても、国の誰と接し続けても芽生えなかったはずの感情が生まれたのは恐らくスファルツァの暗殺者にとって特異な状況が重なったからだろう。

まず勇者は純朴な人間で心の底から僕を庇護すべき相手として接していた。心の底から感情は向けられれば心の奥底に届いて感情を芽生えさせることだってある………それはこれまでの暗殺対象にはほとんど無かったことであり、しかし皆無ではなかったことでもある。過去には最後まで善人であった孤児院の院長とだって暗殺対象として接したことがあるのだから。

故《ゆえ》にもう一つの要因として接した時間の長さが必要だったのだろう。基本的に暗殺対象と長期に接するような任務は無い。だからたとえ感情が芽生えるような情を向けられたところで、国に戻ればそれが芽吹く前に再調整の名の下に摘まれてしまう。

けれど僕とおにーちゃんの旅は一年も続いた。そのせいで刺激され続けた僕の心に芽吹いた感情の芽は摘まれることなく育ち続け、あの時に花咲いたのだ。その可能性を傭兵王は気づかなかったのか、それとも折りこみ済みだったのか…………後者だとすれば傭兵王はひどく歪《ゆが》んだ性格をしていると思う。

だっていくら僕に感情が芽生えても、勇者を殺すという命令には逆らえないのだから。

◇

僕が書庫を去った後のおにーちゃんの行動は大体予想できる。多分おにーちゃんのことだからお人好《ひとよ》しにもまずは自分を襲った魔法使いの安全を確保しようとするだろう。致命傷に届かずとも背中から不意討った一撃は臓腑《ぞうふ》に響いている。聖女という最良の癒《い》やし手を失った現状ではしばらくまともに動けないはずだ。

そんな状態の魔法使いを一人にはしておけないが、おにーちゃんは僕を探したいから誰かに任せるしかない…………だけど唯一疑いのかかっていない狩人は実力的に不安がある。

だから多分おにーちゃんは魔法使いを騎士に任せるんじゃないかと僕は思う。一度は魔法使いを殺そうとした騎士に彼女を守らせるなんて普通なら考えない。しかしおにーちゃんであればその過ちを許し償いの機会を与えるはずだ…………そして今度こそ騎士は裏切らないと心から信じる。

騎士はあれで純情で誇り高いから、惚《ほ》れた相手の期待を次こそは裏切れないと命を懸けて魔法使いを守るだろう。そして魔法使いもひとまずは騎士の庇護を受け入れるはずだ。彼女は目的のためなら手段を選ぶ人間ではないが、だからこそ自分が回復するまでの間は反目する相手に守られることも我慢するだろう。

「そうしたらおにーちゃんは僕に会いに来るよね」

邪魔が入らないように考えるのならそれは早いほうが望ましい。そのためには予《あらかじ》め僕もおにーちゃんが見つけやすいところに移動しておくのがいいだろう…………おにーちゃんのことだからまずは単純に考えるはずだ。恐らく最初に僕の自室から探すだろう。だから僕は腕が回復してからすぐに音を殺して自室まで走った。

ガチャ

その予想は正しかったようで扉が開く音が聞こえる。

「武闘家？」

薄暗い部屋を覗《のぞ》き込むようにおにーちゃんが足を踏み入れ、僕の姿を見つけて固まった。その理由は簡単で僕が全裸だったからだ………問題は僕の小さな体軀《たいく》に反応してくれるかだったけれど、少なくとも動揺が引き出せたなら可能性はゼロじゃない。

「待ってたよ、おにーちゃん」

僕は普段と変わらない素振りでおにーちゃんに話しかける。態度が同じだからこそ違う部分が際立《きわだ》つというのは暗殺で相手を油断させるために学んだ手管だ。その効果はあったようで目に見えておにーちゃんは困惑した表情を浮かべた。

「な、なにを」

「見ての通り、おにーちゃんを誘惑してるんだよ？」

隠すようなことでもないので素直に答える。

「誘惑って………⁉」

「おにーちゃんに僕を抱いて自分の物にしてほしいなって」

「ぶっ⁉」

直球の言葉に思わずおにーちゃんは息を吹き出す。

「ま、待って………武闘家にはまだ早いというか」

「忘れてれるかもしれないけど僕の歳《とし》はおにーちゃんとそう変わらないよ？」

確かに見た目だけで言えば僕はおにーちゃんよりもかなり下に見える。けれど実年齢はおにーちゃんよりも一つ下……ということにしてあった
「それにそういうことは好きな人間同士がすることで」

「僕はおにーちゃんのこと大好きだよ？」

心からの言葉を僕は口にする。

「っ！」

それにおにーちゃんは虚を突かれたような表情をして、これまでの動揺を抑えるように息を吐いて表情を引き締めた。

「ごめん、僕も武闘家のことが好きだけど……君をそういう対象としては見られない」

そして予想通りの答えを僕に返す。

「それは僕がこんな身体だから？」

「ちが……うん、それもある」

真摯《しんし》に答えるべきだと思ったからか、おにーちゃんは言い直して頷《うなず》く。

「僕は武闘家を妹みたいに思ってる」

「うん、知ってる」

だってそれは僕がそう誘導した形だから……木乃伊《ミイラ》取りが木乃伊になるとはこういうこ

とだろうか。おにーちゃんと狩人の関係を見て僕は妹となることを選んだのに、そのせいで二人の関係と同じように他の形では見られなくなってしまった。

「僕がこんな幼体固定なんてされずに……普通の暗殺者だったら違ったのかな」

もしそうだったら勇者との距離を縮めるのにも他の関係を選んだだろう。

騎士のように戦友を目指したかもしれないし、魔法使いのようにその知恵でおにーちゃんを導く役職を選んでいたかもしれない。

それにもしかしたら、聖女のようにその心に寄り添う立場になれたかもしれない。

そんなもしかしたらがいくつも頭に浮かぶ。

「幼体固定って……？」

「多分だけど、おにーちゃんは魔法使いから僕の素性について聞いてるよね？」

これまで確証を与えたことはなかったが、可能性の一つとして疑ってはいたはずだ。先ほど襲撃でそれは確証に変わっただろうから、おにーちゃんに伝えているはずと僕は思った。

「武闘家が、暗殺者だろうとは聞かされた」

「うん、そうだよ」

おにーちゃんは否定されることを望んでいるように思えたけど、僕は迷わず肯定した。

「僕の正体は暗殺者。この姿も生まれつき発育が悪いわけじゃなくて、相手の油断を誘うために固定されてるの……きっと死ぬまで僕はこの姿のまま」

王国と魔法国の仲は悪いが傭兵国はどちらとも付かず離れずの関係を保っている。両国からしてみれば傭兵国はいざという時に戦力を頼める国であり、同時に敵国に与する可能性のある国でもあるからだ。

幼体固定の技術は裏で魔法国から買ったものだと聞いている。不老の研究の過程から生まれた技術らしいが保たれるのは姿だけで不老とは程遠い。人と変わらない年齢でこの姿のまま老衰を迎えることになるだけであり、しかも固定が可能なのは成長しきる前の幼年期だけと実用性の低いものだった。

しかし傭兵国はそれを子供の暗殺者を子供のまま使い続けられる技術として利用した。誰もが子供の前では油断するし、時には容易に無防備な姿を見せる変態もいるからだ。

「いっそおにーちゃんが変態だったらよかったのに」

「へっ⁉」

つい呟《つぶや》いてしまった僕の言葉におにーちゃんが目を丸くする。

「もしそうだったら、僕はおにーちゃんを殺さないですんだって話……変態のおにーちゃんを見るのは少し複雑だけど」

あはは、と笑う僕だけれどおにーちゃんは笑ってくれなかった。

「僕を、殺す………武闘家が？」

信じられないという表情だった。けれどそれが事実で、僕はその命令に今も逆らえない。

「そうだよ、だって僕は暗殺者だから」

命じられて誰かを殺すのが仕事だ。

「傭兵王に勇者を殺すように僕は命じられた」

「………なんで傭兵王が僕を」

「王様は戦乱を起こしたいからだって言ってたよ」

「？？？」

おにーちゃんが困惑した表情を浮かべる。騎士と話すところを盗み聞きしていたけれど、彼女からは勇者を擁した国が戦争を起こすと聞かされたからだろう。

「おにーちゃんは強すぎるから、戦争はすぐ終わっちゃって続かないんだよ」

攻められた側の国もすぐに降伏するし、他の国も侵攻の対象にならないよう縮こまる。もちろん過度な要求は本気の抵抗を誘発するから攻める側もギリギリを見切った要求をする………ある意味それは予定調和だ。決して国々が争い合う戦乱にはなりえない。

「なんで、傭兵王は戦乱なんて………そりゃあ傭兵国にとっては稼ぎ時になるのはわかる、けど」

武力を貸すことを生業にする傭兵国にとってすれば、戦乱はその絶好の売り時なのだ。流石《さすが》におにーちゃんもそれくらいは想像できたみたいだけれど、まだ疑問が残っているような表情なのはそれではあまりに安直すぎると自分でも思っているからだろう。

実際にそれはその通りで、全ての国々が争い合うような戦乱になれば傭兵国は商機だと喜んではいられる立場ではない。敵国に武力を貸し出す可能性のある傭兵国はあらゆる国にとって潜在的に敵国のようなものだ。なまじその武力が高いがゆえに脅威と見られて最初に潰される可能性は高いと思える……それを防ぐためにはどこかの国と同盟を結んで武力を使う先を絞るしかない。しかしそれではこれまでの国の在り方を捨てることに等しい。

「傭兵王はそれが世界のためだからって言ってた。今の世界はもう飽和状態でこのままずるずる続いていくか一気に崩壊するだけ……だから一旦《いったん》壊して組み直すんだって」

「それ、は」

魔法使いからこの世界の絶望について教えられていたおにーちゃんにはその話がすぐに理解できただろう。私も二人の話を盗み聞きして初めて知ったのだけれど、傭兵王も魔法使いのように人間の繁栄の限界を知っていたのだろう。

魔法使いは絶望してこのまま人々が間引きされながら続く世界を諦《あきら》めたが、傭兵王は一度全て壊すことでそれが変わる可能性を選んだのだ……それを話す時の表情を見るに、失敗して人間が滅んでも構わないような感じだったけど。

「でもおにーちゃんがいるとどの国も戦争は起こさない……絶対に負ける戦争だから」

だから勇者には消えてもらう必要があるのだと傭兵王は言っていた……その後に勇者の暗殺が明るみに出るかもしれないがそれで構わないと。もちろん傭兵国は非難されるだろうが傭兵国が暗殺を請け負っているのは多くの国には知られている……存在しない依頼者をでっちあげるだけで戦争の火種にできるのだ。

「そ、それじゃあ武闘家は僕を殺すために誘惑しようとしたのか？」

「ううん、それは違うよ」

僕は首を振る。今の話を聞けばそう繋がってしまうのはわかるけど違うのだ。

「王様は一応勇者が取り込めそうなら取り込めって命令も僕に下したの……お前の身体じゃ無理だろうからあくまで一応だがなって笑いながらだけど」

実際傭兵王はそちらには何の期待もしていなかっただろうし、感情が芽生える前の僕もしばらく勇者を観察して不可能であると結論を出した……だからこんな土壇場になるまで僕はそれを試そうとすらしなかったのだ。

「それでも、受け入れてさえくれれば僕はおにーちゃんを殺せっていう命令に従わなくても済んだんだよ」

この期に及んではそれが最後の望みになってしまったのだから。

「待ってくれ」

呻《うめ》くようにおにーちゃんは口を開く。

「もしかしてそれと聖女が殺されたことには関係ない？」

おにーちゃんの立場からすればその確認は必要なことだろう。今この魔王城で起きていることの全ては聖女の死を発端としている…………聖女さえ殺されなければ騎士と魔法使いは何もすることなく国へ戻っていたことだろう。

「なくはない、かな」

「っ」

「聖女の存在が僕の任務遂行における唯一の障害だった…………王様からも彼女にだけは危害を加えるなと厳命されていたから」

実は傭兵国にとって教会は最大の顧客だったりする。各国に対して中立の存在であるために教会は自衛以上の戦力を持っておらず、戦力が必要になる際には傭兵国に依頼をすることが多いのだ。

そして傭兵国も仕事柄怪我《けが》が絶えず教会の癒やし手を頼りにすることが多い。傭兵国は国民の信仰心はそれほど高いとはいえない国だが、そういった実利的な恩義から教会の人々に対してはどんな荒くれ者でも丁寧な対応をする。

そんな関係性だからこそ流石に傭兵王も聖女の安全を優先する命令を出した。だからこそ僕は聖女に危険が及ぶ可能性があるからという危惧の元、勇者の暗殺実行を延期し続けることができたのだ…………彼女が殺されるまでは。

「武闘家。正直に答えてほしい………君が聖女を殺したのか？」

「………」

僕はそれに答えなかった。僕の目的からすれば肯定するのが一番だけれど、僕がそれを認めたことが明るみになれば傭兵国と教会の関係には大きな罅《ひび》が入ることになる。

「僕は殺してないよ」

少し考えてから僕は否定を口にする。

「僕は、ね」

ただしそこに含みを持たせて。実際に僕は聖女を殺してはいないからそれは本当の言葉ではあるけれど、意味ありげに聞こえるであろうその言葉は僕に魔王が憑《つ》いていて彼女が殺したように勘違いさせるかもしれない。

「まさか君に？」

そして根が純朴なおにーちゃんはあっさりと僕の思惑に乗ってくれた。

「どうだろうね」

僕はくすくすと笑って返す。

「どのみち僕の任務にそんなことは関係ない………そうだね、まずは邪魔な騎士と魔法使いを殺してその後に狩人も殺すね」

勇者は単独でも暗殺困難な相手。だからこそ援軍になりうる要素を事前に排除する………

そういう論理で僕は勇者暗殺実行を遅らせる判断をする。

「だからおにーちゃんを殺すのは最後………それで勇者一行は全滅で、世界には魔王を倒した後に同士討ちが起こったと公表される」

もちろん僕だっておにーちゃんを殺した後に生きてるつもりはないし、王様からもそう命じられている。本来であれば勇者だけを暗殺して彼を誰が殺したのかという疑心暗鬼で国同士の不和を生む予定だったが、聖女まで死んでしまった場合はいっそ全滅させて完全に犯人を有耶《うや》無耶《むや》にしてしまえというのが王様の指示だ。それを利用する。

「武闘家、そんなことはやめてくれ」

「無理だよ、おにーちゃん」

真剣に懇願するおにーちゃんに僕は真顔になって返す。

「僕にとって命令された暗殺を実行するのはおにーちゃんが息を吸うように自然で本能に根ざしたものなんだ………おにーちゃんだって自然に息は吸うし、吸わなきゃ生きていけないでしょう?」

「それとこれとは」

「違わないんだよ」

僕は遮《さえぎ》って口にする。

「だって僕は、そういう風に育《つく》てられたから《られたから》」

僕には本来無いはずの感情が芽生えたけれどそれだけは変わらない。僕の感情がどうであろうと命じられた暗殺の実行を僕という存在は必ず実行する。それは僕という存在に組み込まれた本能であり僕の意思ではどうにもならない………いっそ自害できればよかったのだけれど、道具が自ら壊れることを傭兵国は許容してくれなかった。

「させない」

おにーちゃんは僕に強く言葉を叩《たた》きつける。

「僕は君に、そんな悲しいことは絶対にさせない」

剣は抜かず、けれど部屋の出入り口を塞《ふさ》ぐようにおにーちゃんは手を広げる。確かにこの部屋の出入り口はそこだけだから塞がれれば僕に逃げ場はない………けれどここは僕が自室に選んだ部屋だってことを忘れてる。

確かに魔族は人を害する以外の目的は無く部屋に家具の一つもないし生活のための機能性など皆無だ………けれど人を害するための機能ならある。それはこの部屋での侵入者との戦闘に際して予想外の援軍を呼び込むための機能だ。

「おにーちゃん」

僕がそう口にして右手を差し出すと反射的におにーちゃんはそこに視線を向けた。全裸の僕の右手がずっと握られていたことにおにーちゃんは気づいていただろうか………今、その手に握られていた発光石を解放する。

「っ⁉」

一瞬にして部屋は強い光に満たされて、暗がりに慣れていたおにーちゃんの目は流石に眩《くら》んだはずだ。もちろんおにーちゃんのことだからすぐに回復するだろうけど、ほんの僅《わず》かでも時間は稼げる。

その隙《すき》に、僕は部屋の隅に作られた隠し扉から隣の部屋へと抜けだした。

◇

隣の部屋に置いておいた着替えをひっつかむとすぐさま僕は廊下へと出た。その際も音を殺しているのでおにーちゃんは僕が隣の部屋に逃げたとは思わず、何かのスキルで姿を消しただけと思うかもしれない…………いや、きっと駄目だろう。着替えつつ走りながら僕はそう確信する。

人の悪意には鈍いくせにこういう時のおにーちゃんの勘は誰よりも鋭いのだ。

「なら、時間との勝負だね」

視力が回復して追いかけて来るおにーちゃんよりも先に騎士と武闘家の下へと辿《たど》り着く。もちろん普段の二人ならまとめて相手することは僕でも厳しい…………だけど誇り高い騎士のことだからきっと魔法使いの保護を頼まれても愛剣を返されることは拒否したはずだ。剣の無い騎士と毒で弱っている魔法使いならば僕一人でも殺せる。

「おにーちゃんを殺すのは邪魔者を排してから」

呪文《じゅもん》のように呟くと進む足がさらに加速する。課せられた命令は時折意識して誘導してやらないと僕の行動を縛ろうとしてくる。

「あ、れは」

廊下の向こうに狩人の姿が目に入る。どうやら僕と同じく騎士と魔法使いのいる方向へと歩いていたらしい。腐っても狩人だからか、無音で走り寄る僕に気づいて振り向くとその目を丸くする………排除しろと本能が囁《ささや》く。しかし僕はそれにあくまで優先順位は騎士と魔法使いであると反論する。狩人の相手をして時間を取られれば勇者に追いつかれるからと。

けれど最低限の足止めは必要だと僕は本能的に両手にナイフを抜き放つ。騎士と魔法使いを仕留める際に横入りされたくはないし、怪我をした狩人をこの場に残せば勇者への足止めにもなる。それにうまく反論して誘導する考えは僕には浮かばなかった。

ごめんね。僕は感情的にそう思考しつつ、狩人へ追いつく寸前でその背を跳び越すように身を捻《ひね》りながら跳躍する………そして天井《てんじょう》すれすれの位置から真下へと向けて両手のナイフを投擲《とうてき》した。一本はその右肩に、もう一本は床に跳ね返って左の太ももに突き刺さるはずだ。

「きゃっ⁉」

狩人の悲鳴を後ろに僕は着地する。そのまま走り出そうとして…………首の後ろに氷を突きつけられたような感覚が走った。咄嗟《とっさ》に僕は走り出す動きから身をよじる動きへと変えて殺意の線から身体をずらす。

「狩人」

矢が首の僅か横を通り過ぎるのを感じながら顔を振り向かせ、僕はこちらに向けて矢を弓につがう狩人と視線を合わせた…………冷淡に、獲物を狩る表情をしている。僕が放ったナイフは狙《ねら》った場所に刺さってはいたが明らかに浅い。恐らく軽装に見えて内側には動きを阻害しない程度の防護材を仕込んでいたのだろう。

「ちょっと意外」

僕は武闘家の実力を軽んじてはいたが侮《あなど》ってはいなかったつもりだ。確かに彼女は実力的に僕らの中でもっとも劣ってはいたが、最低限旅の足手まといにならないくらいには努力して実力を上げていた…………そうでなかったら魔法使い辺りが狩人を旅に同行させるリスクをつらつらと並べてどこかの街にでも置いてきただろう。

それでも実力的には僕らのうちの誰にも一対一では勝てないだろうし、何よりもその精神が弱すぎると僕は思っていたのだ。現実が見えずいつまでも甘い幻想を抱き続けている…………そんな彼女に僕へ躊躇《ためら》いなく殺意を向けられる精神性があるとは思わなかった。

「ま、結果は変わらないけど」

少しばかり意外だっただけで、狩人と僕の実力差は揺るがない。二射目を放とうとした彼女の手から矢がこぼれ、力なくその場に崩れ落ちる……これが騎士や魔法使いであったなら僕へ反撃することを選ぶ前にナイフに毒が塗られている可能性を疑っただろう。根本的なところで狩人には対人戦闘の経験が足りてない。

「……村育ちに暗殺者と戦う想定しろってほうが無茶だけどね」

呟いて僕は狩人から背を向ける。

走り出した足は今度こそ止まることは無かった。

◇

騎士と魔法使いは反目していたけれど、僕は見た目よりもあの二人は仲が悪いわけではないと感じていた。二人とも必要であれば自分の好悪は気にしないとする性質であったし、全ては勇者のためにという点では結託していた面があった……そういう意味ではあの二人は同志でありその点で信頼し合っていたのではないかと思う。

そしてそんな二人が僕も嫌いではなかった。もっとも二人の方は僕の正体に内心気づいていたのか警戒しているようなそぶりを見せていた……それは実際その通りだったわけで二人を責める気はないけれど、仲間外れにされていたようで少し寂《さび》しくも感じていた。

「それでも、信じてるよ」

信じているからこそ僕は全力で二人を殺しにかかるつもりだった。魔法使いのことだからきっと弱っていても魔法で警戒は続けているだろう。三度も出し抜けるほど彼女が無能じゃないのはよく知っている…………ならばもはや隠密して奇襲を仕掛けるメリットは低い。だから騎士の自室が見えても僕は脚を止めなかった。

充分な勢いを乗せたまま踏み込んで、扉を蹴破《けやぶ》って押し込むべく跳躍する。

ドガァッ

次の瞬間に、鈍い音が響いた。それは僕が扉を蹴破った音ではなく、その寸前で破裂したような勢いで飛んで来た扉に僕が撥《は》ね飛ばされた音だ…………恐らくだけど、僕の気配に気づいた魔法使いが騎士に伝えて向こうから扉を吹っ飛ばしたのだ。

「全く、病人の部屋に荒々しく押し込もうとするものじゃないぞ」

「…………別に病人じゃないと理解すべき」

受け身を取って扉の破片と着地する僕を余所《よそ》に、二人の姿が部屋から現れる。騎士は予想通り素手だったし、魔法使いの顔色はまだ悪く足取りも弱々しい。初手は持っていかれたけれどまだ僕に充分な勝因がある…………あってしまう。

「それで」

騎士が僕を見やる。

「一応聞いてやるが何の用だ？」

「それがわからないほど騎士は馬鹿《ばか》だったかな」

「それが本性か…………と、問うには程度の低い挑発だな」

騎士は嘆息《たんそく》して私を見る。

「私たちを殺しに来たというならそれこそ子供らしい愚かな考え」

諭すような口調で魔法使いが言う…………声色自体は呆《あき》れが籠《こ》もっていたけど。

「僕は見た目ほど子供じゃないよ」

それどころか魔法使いよりも年上だ。

「でしょうね」

けれど魔法使いは驚いた様子も見せなかった。

「あなたに使われた技術の出所は魔法国。それに気づかないほど私は愚かではないと知っているべき」

「…………相変わらず胸糞悪い技術を研究してる国だ」

「民衆の権利を蔑《ないがし》ろにしてる国に言われたくない」

相変わらず反目した態度の二人だけど騎士は魔法使いを守れる位置にいるし、魔法使いも僕への攻撃ではなく彼女をサポートすることを念頭に置いているように見える。

「武闘家、私は人を見るのに重ねた年数ではなくその精神性を見る…………その点で言えばあなたはその見た目相応に子供」

「言ってくれるね」

僕はおかしそうに笑みを浮かべる。

「得物が無い騎士と弱った魔法使いで僕を止められるとでも？」

「そういう短絡的な態度だから子供に見られるんだろうに」

呆れるように騎士が僕を見る。

「ふん、別にいいよ…………どう見られていたって結果は同じだからね」

僕は右手にナイフを取り出す。

「どうせ毒でも塗ってあるんだろうが…………それがお前の本当の得物か？」

「違うよ」

落胆したように尋ねて来る騎士に僕は首を振る。確かに暗殺においてナイフを使うことは多かったけれど、それは携帯性が高くて隠しやすいからでしかない。

「殺すための手管全てが僕の得物だ」

僕は右手でナイフを掲げながら左手で懐《ふところ》から小瓶《こびん》を取り出すと、その蓋《ふた》を親指で外して二人へと振りまいた。結局のところ僕の行動の全ては殺すことに集約されていて、ナイフなどそのための手段の一つにすぎない…………揮発性《きはっせい》の高い毒の調合だってお手の物だ。

「そういう短絡的な行動が子供だと気づくべき」

皮肉気な魔法使いの声が聞こえると同時に突風が吹き起こった。たとえ無色無臭の毒の霧であっても風に流されることまでは防げない。

「同じ手が二度も私に通じると考えているところが、特に」

その腹立たしそうな態度は僕に一度嵌《は》められたことを根に持っているからだろう…………そっちの方がよほど子供じゃないかと僕は思う。

「ふむ、それでも流石に自滅するようなものを使うほど馬鹿ではないか」

対照的に騎士は感心するような声色だった。だけどそれは大人が子供のちょっとした知恵を褒《ほ》めているような態度で少しイラっとした…………流石に僕だってちゃんと自分に耐性のある毒を使う。

「僕を馬鹿にしすぎ」

挑発なのはわかっているが、それでも気持ちが苛立《いらだ》つ。

「挑発じゃない。事実を羅列しているだけ」

「これを挑発というならやはりお前は暗殺者などではなく子供だ」

こんな時にだけは息が合うように二人が言葉を返す。僕はこれ以上の反論を重ねても無駄だと悟って黙ってナイフを構えて床を蹴《け》る。

瞬歩。

殺気を消し、二人のまばたきのリズムを読み、そのリズムを縫うように床を蹴って近づくことで正面から不意討つ歩行術。ほんの僅かでもナイフで切りつければ僕の勝ちだ………それに塗ってある毒は流石にもう軽くない。

「フォートレス」

その騎士の小さな呟きを僕の耳はしっかりと拾った。その意味を悟って反射的に足を止めようとしたけれど、運悪く僕の身体はまだ床に足を付いていなかった………衝撃。騎士の籠手《こて》に組み込まれている魔法の盾《たて》は瞬時に展開してその言葉通りの城壁となった。

もちろんそれは比喩でしかなく実際は縦に二メートルで横にその倍広がった程度………けれどそれでも僕にとってはいきなり目の前に現れた壁であり、完全に床に固定されたそれは揺らぐことなく僕の勢いを全て衝撃として叩き返して来た。

「こんなものっ！」

だけどそんな程度で意識を失うほど僕はやわじゃない。広がった盾はそのまま二人にとっての死角だ…………暗殺者を前にその姿を見失うことがどれだけディスアドバンテージか教えてやる。

「ラウンド」

「あっ」

一瞬で広がっていた城壁が収縮して騎士の左手に小さな盾として収まる。魔法の盾なのだから広げるのも縮めるのも自由自在…………そんなことも頭から抜けていたことに僕は自分を殴りたくなる。けれどそんなことをしている暇はないし、今は逆に好機と捉《とら》えるしかない。考えようによっては相手が自分から固い城壁をどかしてくれたのだから。

ガキィッ

腰にある鎧《よろい》の隙間《すきま》を狙った僕のナイフを騎士が僅かに身を引いて盾で防ぐ。重要なのは立ち位置だ。剣を持たない騎士は結局防ぐことしかできない…………魔法使いとの間に彼女を常におくことで魔法を封じる盾とする。

「だから、子供だというんだ」

呆れるような騎士の声と視線。

魔力を熱し、魔力を叩き、ここに剣を鍛える
そして聞こえて来る魔法使いの詠唱。魔力が収縮して騎士の右手へと剣が作り上げられるまでの間に僕ができたのは、頼りないナイフを咄嗟に掲げることだけ……鈍い音すらせずにそれが断ち切られて衝撃で右手が痺《しび》れた。

「カイト」

そのことに疑問を抱く間もなく騎士の呟きと共に盾の形状が変化して、細長く伸びたその盾の前面に僕は横面《よこつら》を張られて吹っ飛ばされた。

「どういう、つもり？」

僕は受け身を取って二人から距離を取ると、傷む顔を無視して騎士を睨《にら》む。

「今のは僕を殺せたはず」

盾ではなく、手首を反して魔法剣で斬りつけられていたらそれで死んでいた……そもそも最初にナイフごと僕を切り伏せることもできたはずだ。

「だから、お前は子供だと言っているだろう」

嘆息するように言葉を返し、騎士は魔法剣を肩に担《かつ》ぐようにして僕から切っ先をどける。

「子供を殺したら勇者からの印象は最悪」

「ただでさえ私たちは勇者からの信頼を損なっているからな」

「なっ⁉」

それに僕は思わずかっとなるが、二人の視線は冷ややかだった。

「言っておくが、お前は明らかに弱くなっているぞ」

「感情に振り回されすぎと自覚するべき」

「言うに事欠いて！」

僕もそれで失敗した二人にだけは言われたくない。

「ま、その通りだから後は保護者に任せる」

「妹の躾《しつけ》は兄の役目」

そう言うと二人の視線が僕から外れ、つられて僕もそちらを見て……………おにーちゃんの姿を見つけてしまった。

つまりは、時間切れだ。

◇

「…………武闘家」

「おにーちゃん」

いくらか傷ついた僕の姿を見るおにーちゃんの表情は痛ましかった。それはあの場で僕を止められていればそんな怪我をさせなかったという後悔の念だ……この期に及んでどうしてまだ僕をそんな目で見るのか。僕は宣言通りに騎士と魔法使いを襲って、おにーちゃんの足止めのために狩人を傷つけたというのに。

「狩人はどうしたの？」

「毒消しを飲ませて休ませてきた」

「そう、死ななかったんだ」

僕は意識して冷たい声を出す。

「武闘家が死なないように手加減したんだろう？」

けれどおにーちゃんはどこまでも甘い言葉を返す。

「まだそんなこと言ってるんだ」

僕は呆れるように肩を竦《すく》める。

「言ってなかったけれど、地下の装置を再起動させたのは僕だよ。その理由はもちろんみんなの注意を逸《そ》らして暗殺をしやすくするため……まあ、魔法使いはそれに関係なく隙だらけだったけどね」

くすくすと僕は笑う。

「私の悪癖《あくへき》は認める」

それに魔法使いは努めて感情を殺した声で返してきた。

「だけど、私は生きている」

確かに僕に毒を盛られたけれど死んではいない、事実はそれだけというように彼女は告げる。

「もっと重い毒を使われていたら私は死んでいた」

「それは、その方が都合よかったからだよ………現に血迷った騎士が魔法使いを殺そうとして勇者からの信頼を失ったよね？」

「罠と感じつつもチャンスだと思ったのは否定しない」

騎士も弁解せずそれを認める。

「だが、なんでお前は魔法使いを殺さなかった？」

そして魔法使いと同じ意見を僕にぶつけて来る。

「それは、だから」

「私たちに不和の種を蒔《ま》きたかったというのはわかる………が、それなら殺した方が効果は高かったはずだ。弱っている魔法使いを斬り殺して毒の瓶《びん》をその辺に転がしておけばいい」

そうすれば勇者は騎士が魔法使いを殺そうとしている場面ではなく、魔法使いを斬り殺した後の騎士の場面に遭遇していたと彼女は続けた………それはその通りだから僕はすぐに反論する言葉を出せなかった。

「大体勇者を殺すのが目的なら私から彼を助けた理由がわからない。どう考えても私に勇者を無力化させた後に二人とも始末するのが正しい」

「それは…………」

あれは完全に衝動な行動だった。魔法使いに傷つけられそうになっている勇者を見たら身体が勝手に動いていたのだ。後でそれは勇者を信用させるため、油断させるためだったのだと思い込んで本能は黙らせたが…………そんな言い訳が魔法使いに通じるはずもない。

「大体、武闘家が勇者を殺したいなら余計な策など練らずにいきなり真正面から行くのが一番勝率高いと知るべき…………甘すぎる彼ならその方が動揺してチャンスがある」

断言する魔法使いにおにーちゃんは複雑な表情をしていた…………けれど実際にその案が一番堅実だったろうと僕も思う。僕の素性など知らずいきなりの殺意に晒《さら》されればおにーちゃんはわけがわからず僕への対応に困っただろう。

「つまるところ武闘家の行動はちぐはぐすぎる。最初に私を殺さなかったくせに私と騎士が揃《そろ》ったところを殺しに来る。その時々で方針を変えているのは明らか…………それは恐らく勇者を殺すという目的を先延ばしにするため」

「⁉」

「そうか」

動揺する僕を余所におにーちゃんは納得したような表情を浮かべていた。

「武闘家は命令に従うのは息を吸うような自然なことって言ってたよね…………命令に従いながら、何とか僕らを助けようとしてたんだ」

「違う！」

僕は慌《あわ》てて叫ぶ。それを認めることは命令に従う本能と完全に矛盾する…………僕の行動はあくまで全て命令である勇者を殺すためのものなのだ。

「僕は暗殺者として育てられてその命令に従うだけ…………勇者を慕う態度だってみんな演技だった。躊躇うことなく殺せる」

そう、殺せる。僕は殺せるのだ。この流れならむしろ勇者は僕を殺せない。今から本気で殺しにかかればチャンスはあるのだと本能に言い聞かせる…………その場合魔法使いと騎士は僕を殺してでも止めようとする可能性はあるが、それよりも勇者を殺せる可能性を僕は強く意識する。

「大体僕がその仮説通りだとしても、永遠に命令を先延ばしにすることなんてできるはずもないのは子供でもわかるよ？」

「その物言いは助けてほしいと言っているようなものだと理解すべき」

呆れるように魔法使いが僕を見る。

「そんな演技に騙《だま》されるのは勇者くらいなもの」

「…………ええと、流石に暗殺者とはわからなかったけど武闘家がずっと演技してたのは知ってたよ？」

流石に侵害というようにおにーちゃんが口を挟んで、その場の誰もが驚きの表情を浮かべた。

「勇者、そういう冗談は今言うべきじゃない」

「君に抜けたところがあるのは知ってるが、もう少し空気は読むべきだ」

「本当なんだけど」

おにーちゃんはがっくりと肩を落とす。

「そりゃあ僕は二人の気持ちにも気づいてなかった朴念仁《ぼくねんじん》だけど………流石に向けられた言葉に感情が籠もってるかくらいはわかるよ」

そんな勇者の言葉に僕は少しショックを受ける。だって僕の演技は完璧《かんぺき》で、最初から勇者の僕に対する態度は一貫していたはずだ。

「つまりずっと僕に騙された振りをしてたの？」

「それは違う………僕はそんな器用じゃないし」

それは誰もが認めるところだったので異論を唱える者はいなかった。

「ただ君は上手《うま》く感情を出せない子なんだろうなって思って、僕の方から壁を取り払って接すればいつか応《こた》えてくれるかなって接してた………だから、うん」

おにーちゃんはいつものように柔らかい顔で僕を見る。

「今の武闘家がちゃんと感情を出せてるのはよくわかる」

「………適当なことを言うな」

「適当じゃないよ、ちゃんと覚えてる」

その断言に僕は不味《まず》いと思った。それを聞いてはいけないと直感する。

「旅を始めて半年くらい経《た》った頃かな、野営の準備を終えて僕がみんなにお茶を淹れたんだ」

それを聞いただけで僕の頭に当時の光景が鮮明に浮かぶ。

「お茶の入ったコップを手渡した僕に武闘家はありがとうって微笑《ほほえ》んでくれて………うん、あれが武闘家の僕に感情を見せてくれた初めての日だ」

「おにーちゃん！」

泣きそうなほどの感情が僕の中から溢《あふ》れてくる。僕が初めて暗殺者ではなく本当の人間になった日。それに気づいてくれていたなんてそれほど嬉《うれ》しいことは無い………だけど僕の身体はその意思に反して限界以上の力を振り絞らんと軋《きし》みを上げる。全ては勇者を油断させて殺すためなのだと本能が行動しようとする。

「ぐっ」

それに何とか抵抗しながら僕は魔法使いへと視線で懇願する。彼女であればその意味を無言で察してくれるだろうと信じて。

「勇者、武闘家は死にたがっている………正確には殺されたがっている。これまでのちぐはぐな行動はただ命令を先延ばしにするだけじゃなく、私たちを刺激することで止められることを願っていたと考えるべき」

けれど魔法使いは僕の願いをつらつらと勇者に明かしてしまう。それだけが僕が勇者を殺さずに済む唯一の手段だったのに。

「私は勇者ほど優しくないと忘れないべき」

魔法使いは僕を冷たく突き放し、けれど口を閉ざさなかった。

「勇者、武闘家を縛るそれは魂に根ざすもの」

「ああ、じゃあやっぱりあれで合ってるのか」

おにーちゃんは僕を見るようで僕を見ていなかった。

「大丈夫、僕には見えてる。多分聖剣による成長の恩恵だと思うから……………うん、魔法使いにあれでぶん殴られた意味はあったかな」

苦笑して、おにーちゃんは僕に目を合わす。

「武闘家を縛る鎖は、僕が壊すよ」

優しい声色で、けれどそこに込められた断固たる決意。それにいかなる危機を覚えたのか本能が全力でおにーちゃんを倒せと訴える。僕はそれに抵抗しようとしたけれど、あまりにも強烈なその衝動に抗《あらが》いきれず勝手に身体が動いた。


けれど、その時にはもうおにーちゃんは僕の横に立っていた。

思えば、本気で動くおにーちゃんを僕はそう見ていない。魔王との戦いは本気だったろうけど、あの時は僕にも観察する余裕なんてなかった。そんな思考をする間にも僕の身体は勝手に動いて、おにーちゃんもそれに反応して動くのが見えた。

覚えているのはそこまでで、僕の意識はすぐに真っ暗になった。

◇

気が付くと僕は床に寝かされていた。一応毛布が敷かれていたので気を遣《つか》われていたのだとすぐにわかる………しかし私を見下ろす騎士は腰の剣に手をかけていたし、隣の魔法使いは魔法を封じ込めた宝石を握っていた。

「僕、どうなったの?」

僕は尋ねながら身を起こす………もっとも警戒はされても拘束はされてない事実が概《おおむ》ね答えのようなものだとはわかってた。

「あなたの行動を縛っていたものは魂に根ざしたもの。それは成長と共に培われたあなたの一部であり魔法などで解呪できる類《たぐい》のものじゃなかった………けれど勇者にはそれが鎖という形で見えたらしい」

その後説明された内容によれば魔法使いの持っていた大鎌は魔王の本来の武器を劣化させて魂砕き《ソウルクラッシュ》としたものだったらしい。それに痛い目を遭わされたおにーちゃんは聖剣によってそれに耐性を持つよう強化され、その影響か魂の輪郭のようなものが見えるようになったのだと。

それで僕の魂に絡《から》みつく鎖を見たおにーちゃんは、魂砕き《ソウルクラッシュ》ならそれを壊せるのではないかと考えた。魂砕き《ソウルクラッシュ》自体は僕から没収してすぐに壊してしまったらしいけど、その破片で何とかできないかと試して………うまくいったらしい。

「それで?」

「それでって?」

端的に尋ねる騎士に僕は聞き返す。

「自由にはなれたのか?」

「……うん。こんなに自由な気分なのは生まれて初めてだと思う」

今の僕の思考は何ものにも阻害されていない。僕を命令実行へと縛る何かは完全に砕かれて無くなってしまっていた。

「それならもうあれは必要ないな」

「………もったいない。貴重な資料なのだから研究用に残しておくべき」

「魂に干渉する武器なんぞ研究してもまともなものなど生まれんだろう」

「一つの見方で危険と片付けるのは野蛮人の考え。刃物が生活に役立つ道具であると同時に人殺しの道具になるのと同じ……どんな知識も使いよう。重要なのはそれが必要とされる時のために蓄えておくこと」

「相変わらず口の減らん奴《やつ》だ」

どうやら魂砕き《ソウルクラッシュ》の所在で二人は揉《も》めているらしい……僕個人の考え方としては魔法使いの意見に賛成だ。僕は人を殺すために育てられた暗殺者で皆にも迷惑をかけたけれど、見方を変えれば魔王討伐に貢献して世界平和にも役立った。

「いずれにせよ勇者が決めることだ」

「……それに異論はない」

すでに叩き壊しているのだからおにーちゃんの結論は決まっている。それがわかっているからか渋々といった様子だけど、それでも魔法使いは頷いた。

「そういえばおにーちゃんは？」

その姿が見えないことにようやく僕は気づく。今の僕は自由になった心のままにおにーちゃんに抱き着いてそのまま押し倒したい気分であるというのに。

「勇者は今、気持ちの整理のために聖女に会いに行っている」

「……聖女に？」

それは少し意外だった。死者との会話は一方通行だから自分の考えを整理するにはちょうどいい。だけどおにーちゃんにとって聖女の死と向き合うことは見たくもない現実を突きつけられるようで忌避《きひ》するものと思っていた。

「つまり、それくらい気持ちの整理が必要な現実がある」

補足する魔法使いに僕はもう一人この場にいない人間に気づく。

「あー、うん、そうか…………消去法だとそうなるね」

「意外ではあるがな」

「同意する。個人的な見解では彼女に動機が見つからない」

それには僕も同意だった。その態度はともかく彼女の行動が全ておにーちゃんを想《おも》ってのものであることは知っている。そんな彼女がおにーちゃんにとって最大の不利益《ふりえき》になるであろう行動を取ることなど考えられなかった…………いやでも、と僕は思い出す。

少なくとも彼女は必要とあれば殺意を向けられる冷静さを持ち合わせていた。けれどこれまでのギャップを考えるとそれは本当に彼女だったのだろうかと思う。

「それこそ、魔王が憑《と》りついてる可能性は？」

正直なところ僕はそれを嘘《うそ》ではないにせよ魔法使いのブラフに近いと思っていた。そういうことにしておけば勇者を丸め込んで邪魔者を排除しやすいと踏んだものだと…………しかし今の状況だと事実なのかもしれないと思える。それは半ば願望かもしれない。

「魔法の専門家としては魔王の術式が成功した可能性は低いと思える…………ただ、可能性はゼロではない」

魔法使いも僕と同じ気持ちなのか、含みを残した答え方をした。

「ゼロではない、か」

魔法使いの言葉尻《じり》を騎士が呟く。

「確かに、その方が救いはある………いっそそうであってほしいと私も思う」

そして僕らが言葉にしなかったことを口にする。

それからしばらくの間、僕らは何も語らずに黙って過ごした。

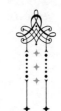

？？？の観察 5

「それからのことは語る必要はないよね、僕は二人と一緒に勇者に呼ばれてここに来た」

そして順番にこれまでの経緯を語っている。

「だから今の僕はもうおにーちゃんのことが大好きなだけのただの女の子。国からの命令で誰《だれ》かを殺さないと生きられない暗殺者じゃない………それも全部おにーちゃんのおかげ、だからおにーちゃんが望むなら僕は何だってするよ」

屈託《くったく》なく笑う武闘家はもはや何物にも縛られていないようだった………けれど自ら別のものに縛られたように私には見える。暗殺者として国の道具であった少女は今自身の意思で勇者の道具になろうとしているようだった。それでは結局受動的な愛情表現でしかなく、彼から与えられるものを貪《むさぼ》るだけの関係になってしまうように思えた。

「みんな、今の武闘家の話に何か異論はある？」

「ない」

真っ先に騎士が答え、勇者の目を見つめる。

「無いが勇者」

「………」

「いつまでこの茶番を続けるつもりだ？」

そして逃げることを許さない言葉を彼へと叩《たた》きつけた。

「茶番………って？」

「私たち三人が聖女を殺してないことは君が一番よくわかっているはずだ」

とぼけるように聞き返す勇者に騎士ははっきりと返す………そうなのだ。わざわざこの場で聞くまでも無く三人の話には全《すべ》て勇者が関《かか》わっている。そしてそれから聖女を殺さない理由を彼は聞いているのだから確かに茶番と言われても仕方ないのかもしれない。

「君の気持ちはわからないでもないが、このまま続けても彼女は自分から話そうとはしないだろう」

「………」

そんな騎士の視線から逃げるように勇者は魔法使いと武闘家に視線を向ける。

「残念だけど、騎士の言葉に訂正すべき点は無いと考えるべき」

「僕はおにーちゃんがそれでいいならいいと思うよ？」

しかしそのどちらからも勇者が望む答えは返ってこなかった。

「狩人」

少しして、諦《あきら》めたように勇者は彼女へと視線を向ける。

「うん、なにかな勇者君」

この期に及んでのそのとぼけたような態度はある意味度胸があるのか馬鹿《ばか》なのか。

「できれば君から話してほしかった……………だけど、もう僕から尋ねるしかないらしい」

本当に悲しげに、勇者は狩人を見る。

「ねえ、狩人」

「うん」

「君が聖女を殺したの？」

「いきなり、何を言っているのかな？」

それは私の知る限り、狩人が勇者に対して初めて感情の籠《こ》もらない声を返した。

「お姉ちゃんに聖女を殺す理由なんてないよ」

その声のまま、彼女は笑顔を浮かべようとしたが失敗して薄ら笑いのようなとぼけた表情を浮かべる。

「私よりもそっちの三人の方が怪しいんじゃない？　隠してたけどずっと勇者君のこと狙《ねら》っていたんでしょ？」

しかしその表情のまま狩人は騎士たち三人へ視線を向ける。

「確かに僕たちはおにーちゃんを愛してるよ」

それに最初に答えたのは武闘家だった。

「だからこそ私たちは絶対に聖女を殺さない。聖女が死ねば勇者が幸せになる唯一の道が絶たれるとわかっていたから……私たちはそれほど愚かではないと理解すべき」

そこに魔法使いが続ける。

「愚か、そう愚か」

自嘲《じちょう》するように魔法使いは呟《つぶや》く。

「私たちも愚かだったけれど、それ以上の愚か者がいることは想像できなかった」

「それ、もしかして私のこと？」

「他《ほか》に誰がいる」

騎士のその声色には呆《あき》れを通り越して憤りが含まれていた。

「ずっとおにーちゃんのためにって言ってたくせに、おにーちゃんのために絶対にやっちゃいけないことをやっちゃうんだもん……愚かっていうか馬鹿だよ」

「何を言ってるの？」

まるで理解できないというように狩人は首を傾《かし》げた。

「お前が、勇者の幸せなど何一つ考えなかった愚かな女だという話だ」

はっきりと断じる騎士の表情は厳しかった。彼女たち三人が勇者の幸せを願って行った努力の全てを、狩人は最悪の形で踏みにじったのだ……そこに怒りを覚えないはずもないだろう。

「だから、何を言ってるの？」

それを狩人は理解しないのかする気が無いのか、とぼけた表情を崩さない。

「勇者君の幸せは、私たちの村にあるの」

そして旅の初めから変わらない言葉を口にする。

「あの村に帰って元のような生活を送るのが勇者君の幸せなの」

「それはあなたの幸せであって勇者の幸せでないと理解すべき」

冷たい声で魔法使いが返すが狩人は表情を変えもしなかった。

「いずれにせよお前は罰せられることになる……勇者はともかくお前が村に戻ることは無い」

そんな狩人の態度に腹を据えかねたように騎士が睨《にら》みつける。その手は半ば腰の剣に伸びようとしていて彼女の態度次第ではすぐさま抜き払うだろう。

「なんで？」

けれど狩人はその殺気すら気にした様子を見せない。

「私が聖女を殺したっていうのは勇者君が勘違いしてるだけ……何か私がやったっていう証拠でもあるの？」

「それは…………っ!?」

すぐさま騎士が返せなかったのは狩人を犯人と示す根拠が消去法でしかないからだ。聖女を殺したのは身内の可能性が高く、他の三人が犯人ではないと思われたから残る狩人が犯人であると考えただけ…………確かに物的な証拠はない。

「証拠はあるよ」

それに口を挟んだのは勇者だった。

「勇者、君？」

「正確には、狩人が犯人だと知る証人がいるんだ」

悲しげに狩人から目を伏せ、勇者はその事実を口にする。

「待て勇者、証人…………だと？」

それに驚いたのは狩人だけでなく騎士もだった。魔法使いと武闘家も同じように目を丸くしてその驚きを表している。

「今、その証人を呼ぶよ」

そう言って勇者は私を、私のいる方を見た。

「聖女、出てきてほしい」

「「「「!?」」」」

皆の驚きをよそに私は身隠しの奇跡という名の魔法を解除する。現れた私の姿を見てさらに驚きが深まってしばらく誰も声を出せなかった。

「う、そ……」

呆然《ぼうぜん》としたように狩人が私を見る。

「なんで……生きてるの？」

そして思わずそう尋ねてきた。

「不思議？」

かつてと変わらないであろう柔らかな笑みで私は尋ね返す。

「でも私はここにいる……確かに生きて」

胸に手を当てて私は自身の心臓の鼓動を感じる。それは確かに脈打っていて、小さな熱を私の手に伝えてくる……ああそうだ、私は生きてここにいる。

「ねえ、教えて狩人さん」

だから私は優しく彼女に尋ねる。

「どうして私を殺したの？」

被害者であるはずの私が、犯人である狩人へ向けて。

狩人の回想

私たちの住んでいた農村は貧しくは無くとも決して豊かではなかった。山に囲まれた村では耕作可能な平地は少なく、山の恵みや川の恩恵はあったもののそれは安定しておらず時には食糧が不足することもあった。

幸いだったのは魔物の被害がそう多くなかったことだろう。魔物は人が多く集まるところに寄って来る習性があり、基本的には大都市の周辺に集まるので私たちのような人口の少ない村には迷い込んでくるような形でしか現れなかった……だから村は豊かではなくとも平和だったのだ。

そんな村で私は狩人の次女として生まれ、その次にあの子が農家の三男として生まれた。小さな村では同年代の相手が少ないのは珍しくない。私とあの子が生まれた年にも他《ほか》に赤子はなく、必然的に私たちは近しく育つことになった。

村は貧しくは無くとも余裕の少ない村の大人たちは忙しい。子供の世話は子供が見ることが多く、私も乳飲み子を卒業すると少し上の子供たちに見守られ……更に成長すると自分もその役目を言いつけられた。

ただ私とあの子の後はしばらく赤子が生まれなかったので、私はもっぱらあの子の面倒を見ることがその役目だった。たったの一つ違いではあったけど私はあの子のお姉さんだし、どうにもあの子は自己主張が薄くて放っておけない……だからその役目を苦に思ったことは無かった。

やがて私は父親から狩りを教えられ、あの子も兄たちと一緒に畑の世話をするようになったがその関係は変わらなかった。あの子は放っておけば誰《だれ》からの頼み事だって引き受けてしまって自分のことが蔑《ないがし》ろになってしまう……私が世話してあげないと駄目なのだ。

村での生活は平坦で、辛《つら》いことも楽しいこともいつも同じ……だけどだからこそ幸せだったのだと思う。

私たちの暮らしの中に変化なんて必要ない。あの平坦な毎日を繰り返していけば幸せのまま生涯を終えることができたはずなのだ。

だけど、ある時村に教会の一団がやって来た。再臨した魔王を倒すことのできる勇者を見つけるためにやって来たと彼らは説明したけれど、私には関係のない話のようにしか思えなかった……だって村は何も変わってない。外の世界では魔王の侵攻によって多くの人たちが苦しめられているのだと彼らは語ったけれど、村に現れる魔物は増えてもいなかったし山の獣たちだっていつも通りで異常を訴えてはいなかった。

だけど教会の人たちは言うのだ、世界の危機なのだと。村の外の人々を危機から救うために村人の中から勇者となる生贄《いけにえ》を出せと…………私はとてつもなく嫌な予感がした。もちろん説明された限りでは必ずしも村人から勇者が見つかるわけではない。勇者が見つかる可能性はすごく低くて、大きな街ですら見つからなかったからこそ教会の人たちもこんな辺鄙《へんぴ》な村まで確認しに来たのだ。それでも私の不安は膨らんで萎《しぼ》みそうになかった。

だからあの子に選別を受けるのは止めるように話したのだ。教会の人たちだって忙しいから少し隠れていればすぐに別の場所へと移動するはずだ…………だけどあの子は嫌がった。教会の人たちは選別を受けるのは義務だと言っていたし、もしも選ばれてもそれでみんなが助かるのなら構わないと。

そして私の嫌な予感は当たってしまった。

あの子は選別で勇者の素質ありと選ばれて、教会によって聖剣を与えられた。

私には無理矢理あの子に同行することくらいしかできなかった。

◇

魔王討伐の旅は正直に言えば辛く苦しいものだった…………だってそれは全《すべ》てあの村の中には無かったものばかりだったから。

命を懸けて魔族や魔物と殺し合う凄惨《せいさん》な日々。さらに出会う人の考え方も、生活も、文化も、その何もかもが私の育った村とは違う。危険な荒野どころか安全なはずの街の中でも私の心は落ち着かなかった。

それに一番の問題は勇者の同行者として選ばれた旅の仲間たちだった。彼女らは明らかに私を疎《うと》んでいるのがすぐにわかった………場違いだと私を責めるような視線がずっと向けられていたのを覚えている。

確かに、私は足手纏《あしてまと》いだったろう。時折村で魔物を退治することはあったけれど戦い慣れているわけでもなく、村の外の常識にも疎くて迷惑をかけた………だけどそれは当たり前のことなのだ。私たちがいるべきはあの村であってこんな外ではないのだから。

けれどそんな私の意思に反して村の外の全てはあの子を外へと繋《つな》ぎ止めようとしているようだった。誰も彼もがあの子を英雄として崇《あが》めて救いを求める………だけどそれは自分たちの都合のためにあの子を使いたいだけだ。そんなところにあの子の幸せは無い。魔王を倒したら私たちは村に帰らなくてはならない………そうでないと、あの子は利用され続けるだけだとわかった。

旅が終わりに近づいても私はあの子以外の仲間たちと馴染《なじ》むことは無かった。相変わらず彼女らは私を疎んじているようだったし、私にとって彼女らはあの子が村に帰ることを阻害する存在でしかなかった………それが態度に出ていたのも距離が縮まらなかった原因だとは知っていたが、いずれ別れる人たちに合わせる理由は無いと私は考えていたのだ。

後から思えば私は見たくない物からずっと目を逸《そ》らしていただけだったのだろう。一番見たくないものを見ないために、それ以外の全てをまとめて見ないようにしていたのだ。

だけど、あの魔王を倒したその日。ようやく辛い日々が報われるはずのその日に私はそれを見せつけられることになる………それは聖女に部屋へと誘われるあの子の姿。用件自体はその場で口にはしなかったが、その表情からすれば容易に想像ができた。


ああ、それは駄目だ。


それだけは許されない。私の唯一の希望を聖女が奪い去ってしまう。それなのに他の、騎士も魔法使いも武闘家もなぜだかそれを聞こえていないように見過ごした。

やはりその気持ちを口にも出せない女たちなど何の役にも立たない………私が自分でどうにかするしかないのだ。

その思いのままに私はあの子より早く聖女の部屋を訪れていた。聖女は私の訪問に驚きはしたがむしろ歓迎するように部屋へと私を招き入れた………その態度がまるで勝者の余裕のようで私は少し胸の内が波立つのを感じた。

「ご用件は、勇者様のことですね」

私が部屋に入ってすぐに聖女はそう切り出した。

「勇者君に、何の話があるの？」

まず私はそう尋ねた。それに聖女は少し顔を曇らせる。

「まず、一つは私が今抱えている問題について相談したいと思っています」

「相談？」

「すみません、その内容まではお話しできません」

「…………そう」

あの子は弱みを見せてくる相手を放っておけない。そのことをよく知っている目の前の女はそうやってあの子を惑わするつもりらしい。

「それで？」

まず、と口にしたからにはそれだけではないのだろう。

「その問題に目途が付いたら、勇者様には私と教会へ来てもらえないかとお誘いするつもりでした…………つまりは、私と共に生涯を過ごしていただけないかと」

「っ⁉」

ぬけぬけと言い放つ聖女に私は怒りを覚えた。弱みを見せた後であの子を誘惑しようというのならそれは今しがた私の考えた通りのことだ。

「あの子は、私と村に帰る」

それは絶対に譲ることのできない事柄だ。

「それは…………無理です」

けれどそれに聖女は悲しげな表情を浮かべる。

「それでは、勇者様は平穏に暮らせません」

「そんなことは無い！」

私は憤って叫ぶ。

「あの子の平穏はあの村にあったの！　それを無理矢理連れ出したのはあなたたち！」

教会の人間たちがやって来さえしなければ、私たちは今も村で平穏に暮らしていたのだ。

「魔王を倒してあの子が外にいる理由は無くなったの！　世界を救うっていう義理は果たしたんだからもういいでしょ！」

「たとえ勇者様に外にいる理由がなくとも、こちらの人々にとっては理由があるのです」

激昂《げきこう》する私と対照的に聖女の声は落ち着いたものだった…………だけどだからこそ私は静かにナイフを突きつけられているような気分にさせられた。

「そんなの、あなたたちの勝手でしょ！」

「はい、勝手です」

聖女はそれを認め、けれどその表情は退いてはいなかった。

「ですがもはや勇者様はその勝手を無視できる立場ではないのです…………だからこそ、勇者様には私と共に来ていただく必要があります」

「ふざけないで！」

それこそが本当に勇者のためなのだと語る聖女が私は許せなかった。

「勇者のため勇者のためって…………まるで全部あのこのためみたいに言ってるけど、本当はあんたがあの子と一緒にいたいだけでしょっ！」

「はい」

あっさりと肯定した聖女に私は一瞬思考が止まってしまった。

「勇者様のためだけではなく、私が彼と離れたくないという私心があることも事実です」

「ふ、ふざ………」

「ふざけてなんかいません」

言葉が詰まる私に聖女は断固とした口調で告げる………怒っていたのは私の方のはずなのに、いつの間にか私の方が押されているようだった。

「確かに私心はあります………でも、だからこそそれが勇者様にとって最善の選択であると私は確信しています。そうじゃなかったら………」

そこで聖女は言葉を止め、再び悲しげな表情を浮かべる。

「そうじゃなかったら、自分の気持ちを押し殺してくれた皆に申し訳が立ちません」

「………っ！」

これは総意なのだと聖女が告げる。つまりこれは聖女たちが示し合わせた結果なのだ……全員で、私を勇者から引き離そうとしたのだ。

「そんなの、私は認めない！」

認めるわけにはいかなかった。

「狩人さん」

けれど聖女は諭すような声で私に語り掛ける。

「あなただって、本当はわかっているのでしょう？」

「なにを……」

「何もかも昔のようには戻れないんです……勇者様は、村に帰るべきではありません」

その瞬間に私は思考の何もかもが黒く染まった。怒りと絶望と羨望《せんぼう》がない交ぜになって身体《からだ》が勝手に動いたように思う。


気が付けば、斬り殺された聖女が目の間に倒れていた。

狩人としての経験が、近づいて確認するまでもなくそれが確実に息絶えていることを伝えている。

「あ」

そして私の手には血に塗《まみ》れた狩猟用の鉈《なた》。たとえ我を忘れていたのだとしても自分が何をしたのかは明白だった………正直に言えばここに来る時に彼女を殺す可能性などまるで考えてはいなかった。しかし目の前に倒れる彼女を見ても私の内から溢《あふ》れるのは、そうなって当然だという言葉ばかりだった。

私から、あの子を奪おうとしたのが悪いのだ。


あの村で二人過ごすという平穏を奪おうとしたのが。

「………行かないと」

ここで佇《たたず》んでいてはいつあの子がやって来るかわからない。彼が聖女を訪ねて来る前にこの場を離れて………離れてその先はどうするのかと私は考える。仮に聖女を殺した犯人であることを免れたとしても、それは当座をしのいだだけで私の願いには近づかない。

「そうだ、みんな排除しないと」

聖女が死んでまだ勇者を狙《ねら》う女は三人もいる。彼女らが勇者を聖女に委《ゆだ》ねるために気持ちを抑えていたのなら、聖女が死ねば勇者を奪うために動き始めるかもしれない。

そんなことは許さない。

私はそう決意して、聖女の部屋を後にした。

◇

「でもね、聖女の死体が見つかるまでの間にその気持ちは少し冷めたの…………冷静になったのかな、まずはあなたたちの出方を見ようっていつも通りに振る舞ったの」

そこまで話して私は騎士、魔法使い、武闘家へと視線を向けて…………ついおかしくなってしまい表情を崩す。それに三人はむっとした表情を浮かべるけれど、それはある意味自業自得というかあなたたちが悪いのだと私は思う。

「そうしたら聖女殺しの犯人探しどころか、勝手に殺し合いを始めるんだもの」

私はいかに聖女殺しの犯人としての追及を逃れて三人を排除しようかと思考を巡らせていたのに、私を疑わないどころか勝手に互いを潰《つぶ》し合おうとしてくれたのだ…………あまりに私に都合が良すぎて三人の滑稽《こっけい》さがおかしくて仕方なかった。

唯一の失敗は状況を窺《うかが》おうと出歩いて武闘家に遭遇してしまったことだろうか。反撃に失敗した上に毒まで受けてしまい、あの子がやって来てくれなかったら死んでいたかもしれない。

「そのまま共倒れになってくれればよかったのに…………いつもみたいに勇者君が丸く収め

ちゃったなんてね」

ほんと滑稽というか理解できない。いくらあの子が間に入ったとはいえ一度は自分を殺そうとした相手と何であの三人は平然と肩を並べているのか…………やっぱり村の外の人たちの常識は私には理解できないものばかりだ。

「理解できないという顔をしているが、私たちだってお前を理解できないよ」

諦観の籠《こ》もった声で騎士が私に話しかけて来る。

「もしも勇者以外の全員がいなくなったとして、お前は本当に村に戻れば平穏に暮らせると思っていたのか？」

「当たり前じゃない」

私たちの村はそれだけ完結した世界なのだ。帰ってしまえば外の世界のことなど関係ない。

「それを本気で言っているのならそれこそ理解し難《がた》いが…………理解し合えないからこそこうも歯車が狂ったのだと思えば当たり前か」

きっとそうなのだろう。私と彼女らはどこまでも嚙《か》み合《あ》わない…………ただ、それでも共通したことがあるのも間違いない。そしてそれはこれまで外で暮らして知った常識と照らし合わせても同じはずだ。

「ねえ、一つ聞かせて」

だから私はそれを口にする。私はどうして聖女がそこに立って息をしていることが理解できない…………だって確実に彼女は死んでいたはずなのだ。

「聖女、あなたはなんで生きてるの？」

確かに私が殺したはずなのに。

死者は生き返らない…………それは私たちの村も外も共通の常識のはずだ。

聖女の回想

物心がついた時には私は教会の孤児院で育てられていました。孤児院は清貧を心がけていたので豊かというほどではありませんでしたが、それでも私たち子供が飢えないようには気を遣《つか》われていたと思います。

そんな生活に転機が訪れたのは私の目の前で子供が一人怪我《けが》をした時でした。今から思えばそれは大した怪我ではなかったのですが、当時の私にとってはその子が死んでしまうような大怪我に思えて……その子を助けてほしいと必死で願いました。

その結果として私は癒《い》やしの奇跡を神から授《さず》かり、それでその子の怪我を治しました。それを知った孤児院の先生方がとても驚きながらも喜び、院長だけが少し悲しそうな表情だったことを覚えています。

それからしばらくの間孤児院は騒がしく、私は何度かやってきた教会の人たちの検査を受けると教会本部のある街へと送られることになりました。どうやら私の授かった奇跡はとても強いものらしく、新たな聖女の誕生かもしれないと喜んでいるようでした。

それから私の生活は一変しました。協会本部の生活は孤児院とはまるで違い、私はそこの人々にまるでお姫様のように扱われました。食事の用意を手伝う必要も無く、生活に必要な水を運んだり薪《まき》を割ったりする必要もありません。その代わりに私は奇跡の力を高める研鑽《けんさん》と、神の教えについてのより深い知識や礼儀を学ぶことを求められました。

さらに私は聖女になるべく教会本部に送られましたが、実際のところそれは私だけではなく他《ほか》にも二人の聖女候補がいました。彼女らは共に聖女を目指して研鑽する間柄ではありましたが、同時に蹴《け》落とすべきライバルでもありました……とはいえ、私も彼女らにもそんな意識は無かったように思います。しかし私たちにはそれぞれ後見人として教会上層部の人間が付いていて、自分の後見する相手を聖女にするべく様々な権謀術数を張り巡らせていました。

やがて私は聖女として選ばれることになりました。人々は私を聖女として褒《ほ》め称え、穢《けが》れのない清浄なものとして扱いました……私も、そうあるように努めました。私を聖女に押し上げた意思が何であれ、私は聖女という役目を全うすることに意義を感じていたのです。

この世界は決して平穏なものではないと私は知っています。だから、私が聖女でいることでそれが人々の心の救いになるのなら私の望むところでした。

孤児であった私が院長たちのおかげで健やかに過ごせたように、私が人々の健やかに暮らす助けになるのならそれはとても意義のあるものですから。

ただ、一つだけ私には残念なことがありました。人々は私を通して何一つ汚れない聖女という存在を見ていますが、私自身にはそれを見ることはできません……そして、残念なことに教会という組織の中では私はそれを見つけることができませんでした。

もちろん、ただ清貧に神の教えを全うするだけでは組織は成り立たないと知っています。外の人が知れば教会に失望するようなことだって行われていますし、教会関係者によるいがみ合いだって珍しいことではありません……ですがそれでも教会は人々の救いの場として機能していますし、そういった暗い部分があるからこそ成り立ってもいるのです。

この世界が決して平穏には成り立たないように、教会という組織も正しいだけでは成り立たない。それを私は理解しています……ただ、少し残念なだけです。

本当に穢れないものを私も見て見たい。そんな私の願いは魔王が再臨したことで叶《かな》ってしまいました。魔王を倒すために選ばれた勇者。ずっと農村で暮らしていたのだという彼はどこまでも純粋で穢れのない存在のように思えたのです。

そんな彼に私は惹《ひ》かれ、同時に危惧も抱きました。真っ白なキャンパスが触るだけで汚されてしまうように、彼も外の人々に触れることで穢れを受け入れてしまうのではないかと。

しかしそんな私の懸念は実現することはありませんでした。人々は彼を遠巻きに英雄とあがめて触れ合おうとはしなかったし、国々の権力者もそのままであった方が都合はいいと判断したのか余計なものを彼に触れさせようとはしなかったからです。

そうして彼は彼のまま変わることなく魔王を倒す旅を終えることができた……けれど、それは同時に変わらない現実に直面することでもありました。

彼の望んだ平和な世界は訪れず、むしろ彼自身が戦争の火種であるという現実に。

もちろん権力者たちはそれらを都合のいい言葉に置き換えて彼に説明するでしょう。だけどどんな言葉に置き換えたところできっと彼は悲しみます。

それを避ける道はたった一つ……私にとって幸いだったのは同行した仲間に恵まれたことでしょう。最初は勇者に良い感情を抱かなかった彼女らも、次第に感化されて今では彼の幸せを最優先に考えています。そのおかげで私はなんの邪魔も無く彼が幸せになる唯一の方法を提示することができるのです。

ああやはり、私は穢れない存在ではなかったのだとその時自覚しました。だって私はその幸運を喜んでいる。彼女らと私の差を分けたのはその境遇でしかない……そのおかげで私は彼と共に生きる道を選ぶことができて、彼女らの気持ちに見ないふりをするのです。

だから、狩人が私の前に現れたのはその罰なのでしょう。

そんな利己的な私の声は彼女には届かなかった。話を聞いてもらうことすらできずに私は鉈《なた》で深く切りつけられてしまいました。

◇

「それは間違いなく致命傷でした」

そこまで話して私は自身の胸元《むなもと》に手を当てる。その傷はもうないが、当時を思い起こせばそこからは止めようのない命が流れ出していた。

「知ってる、私がやったんだから」

狩人がそう言い、苛立《いらだ》つような視線で私へ続きを促す……なぜ生きているのかと。

「致命傷ではあったけど、私はまだ生きていたから治すことはできました……でも、そうしたらあなたは今度こそ明確な死を私に与えたでしょう」

「…………」

私に与えられた癒やしの奇跡という名の魔法はその対象に息さえあれば致命傷であっても回復できる。しかしあの状況下で回復しても狩人により再び襲われるのは明白だった……それも二度目は回復の余地などないものになっただろう。

「私の授かった奇跡の中には命の流れを限りなく停めるものがあります……それは言うなれば偽《いつわ》りの死を自身に与えるもので、傍目《はため》には死んでいるようにしか見えないものです」

それは魔法使いが毒を耐えるために使ったという魔法をより強力にしたようなもの。本来であれば現状で手の施しようがない状態の者を一時的に延命するために使う奇跡だ。魔法使いのそれと違いこの奇跡の場合は単純な仮死状態と違い魂と肉体が長期的に保護される。

「もっとも自分自身に使ってしまえば自由に目覚めることはできません…………そのせいで皆さんには混乱を招いてしまいましたが、勇者様が私に触れてくださったことで目覚めることができました」

そして今ここに、狩人の罪を暴《あば》く最大の証人として私はやって来たというわけなのだ。

「そう」

狩人が小さく呟《つぶや》いたその声に含まれていたのは諦観か後悔か。いずれにせよ私による彼女の罪の証明はこれで終わった…………その先は私の仕事ではないのだから。

「ねー、それじゃあこれで事件は解決ってこと？」

話の区切りがついたと判断したのか武闘家が口を開いて尋ねる。確かに私の死を発端として起こった事件の犯人は彼女らを含めて全《すべ》て見つかったと言える…………解決したと言えばしたことにはなるだろう。

「聖女は生きていた。つまりは全てを元に戻すことができるわけだ」

それに騎士がそう告げる…………けれどその表情は芳しくないようだった。その事実と納得がいくかどうかは関係がないというように。

「元に戻るものもあれば戻らないものもある…………それを忘れないべき」

そしてそれは魔法使いも同様のようだった。だって彼女たちは私の死によって抑えていたものを解放してしまった…………私が生きていたからといってそれを再び抑えることなどしたくはないのだろう。

「それに、その女をどうするかという問題もある」

その視線が狩人へと向けられる。

「結果として聖女が生きているだけでその殺意は明らか…………再びやらないという保証は全く無い」

その言葉には一切《いっさい》の容赦《ようしゃ》の感情も含まれていなかった。魔法使いはもはや狩人を話の通じる対象としては見ていないようだ。いくら理を解いても自分の都合と感情だけを優先する相手など愚かすぎて話す意味も無いのだと。

「今なら魔王討伐の旅で命を落としたってことにできるよねー」

いつものように幼い口調で、けれど残酷なことを武闘家が言う。

「明るみに出れば当人の死罪どころか身内や故郷にまで被害が及ぶ可能性もある…………周りのためを考えればその方がいいかもしれない」

神妙な顔でそれに騎士が同意する。結果として未遂に終わったとはいえ聖女である私に手をかけたとなれば大罪であるのは間違いない…………その罪が明るみになれば騎士の言う通り彼女やその故郷も大きく評判を落とすことになる。勇者の故郷でもあるから直接的な罰は下されないにしても、様々な面で冷遇されることになるかもしれない。

「その役目は私が負ってもいい」

静かに、騎士は決意を表すように剣の柄《つか》へと手をかける。たとえそれで勇者から悪感情を抱かれようとも、それが彼のためであると信じて。

「僕がやってもいいよ……慣れてるし」

「私の魔法であれば苦しみを与えなくても済む……そんな女でも慈悲は必要であるべき」

それに負けじ、というわけではないだろうが武闘家と魔法使いも続けて口にする。

「待って」

それをあの人は止める。

「待って、ほしい」

「もちろんそれは構わない」

苦渋の表情で願うあの人に、騎士が剣の柄から手を放す。

「だがいつまでもは待てないし、その女を許してすませるわけにもいかない」

「わかってる」

それにはっきりとあの人は頷《うなず》く。

「でも、問題がまだ一つ残ってるんだ」

「問題？」

騎士が首を捻《ひね》る。

「もしかして、魔王の憑依《ひょうい》の可能性を考えてる？」

魔法使いが呟いてあの人を見る。彼は頷きはしなかったが、否定もしなかった。

「勇者、それはない」

だけど魔法使いはそれを肯定と見て言葉を続ける。

「そもそもあの術式が成功する可能性はかなり低いと私は見ているし、仮に成功したとしても魔王が狩人になりきれるとは思わない…………いくら魔王が人間について学び、奪った相手の記憶があったって無理だと考えるべき」

そう、無理なのだ。いくら魔王のまま人間のように取り繕ったとしても根本的なところで彼女は人間を理解しきれない…………勇者への愛というバグを抱えていても魔王が人間になったわけではないのだから。

「うん、そうだね」

あの人はそれに頷く。皆とは一年の旅の間ずっと同じ時間を過ごしていたし、狩人に至っては生まれた時から一緒だったのだから真似《まね》しきれるものではなかっただろうと私も思う。

「可能性があるとしたら魔王の魂と同居しているケース。それだったら普段は当人のままで気づけないということもあり得る…………けれど、今の勇者にはそれが見えるはず」

「見える？」

それは私の知らない情報だったので、思わず口を挟んでしまう。

「詳細は割愛するけれど今の勇者には魂の輪郭が見えるらしい…………それなら魂が二つあっ

てもわかるはず」

魔法使いの説明に私は思わず息を呑《の》む。

「それに、魔王が聖女を殺そうとしたのならあまりにも雑過ぎる。日記を見る限り魔王の知能はかなり高い…………この城のことだって知り尽くしているのだから殺した聖女の死体をそのままになんてしておかないと考えるべき」

魔物を呼んで食い散らかせるだけでも犯人像を大きく狂わせられただろうと魔法使いは続けた…………残酷な考え方だと思うけど、魔王であればそうしたかもしれないと私は思う。

「うん、魔法使いの意見は正しいと僕も思う」

そう頷きながら悲しげに、あの人は私を見た。

「でもね、僕はそもそも狩人に魔王が憑《と》りついているなんて思っていないんだ」

「…………確かに勇者は口にしてはいないな」

それは事実だというように騎士が口を挟む。

「でも、おにーちゃん。あの流れはどう考えてもそうだったと思うよ?」

それは決して魔法使いの先走りではなかったと武闘家が付け足した。

「だとしたら勇者は何を懸念しているの?」

それが一番早いとばかり、魔法使いが尋ねる。

「そうだね、それをすぐに言わなかった僕が悪い」

諦《あきら》めるように勇者は頭を垂れる。

「正直に言うと、僕もそんな可能性を考えたくなかった……狩人のことは何とか妥協点を見つけて、何もかも元通りに済ませてしまいたかったんだ」

「勇者、それは無理と考えるべき」

心の底から願っているであろうあの人の言葉に、魔法使いは容赦のない現実を突きつける。

彼女も本意ではないだろうが、そうでないと誰《だれ》も先に進めなくなってしまうから。

「そうだね、わかってる」

そしてあの人もそのことはわかっている……わかっているなら、なぜ？

「だから僕は認めるべきなんだろう、聖女はもう死んでるんだって」

「えっ⁉」

それは誰の声だったのだろうか、多分あの人以外の全員だったろう。

「聖女が本当は生きてたんだって、僕も信じたかった」

「勇者、一体君は何を言っている？」

戸惑う騎士の表情と同じものを誰もが浮かべていた。

「でも、聖女は死んでるんだ」

「おにーちゃん？」

戸惑う武闘家の視線にもあの人は構わず、私だけを見る。

「それだけは間違いないんだよ」

「待ってほしい」

悲壮に言葉を連ねるあの人に埒《らち》が明かないと思ったのか、魔法使いは強く口を挟む。

「勇者の言っていることが真実であればそこにいる聖女は誰なのかという話になる。少なくとも私には彼女が魔王であるようには見えないし……そもそもまずは聖女が死んでいるという根拠を示すべき」

「うん、そうだね」

その通りだと、あの人は呟く。

「でもね、根拠なんて単純なものなんだ……みんな、旅の途中で僕に預けたものがあったよね？」

「あ」

すぐに思い当たったというように魔法使いが口を開ける。

「それは」

「……僕は預けられなかったけど」

騎士と武闘家もすぐにそれに気づく……もちろん私も察してしまった。

「死者の栞《しおり》」

呟いてあの人は懐《ふところ》から鎖の付いた小さな物を取り出して見せる。それは二つの金属のプレートが特殊な術式で重なったものであり、特定の条件下でその術式が解けて内側に刻まれたものを確認することができる。

「この世界で真名《まな》は秘匿されるものだよね」

確認するように彼は周知の事実を口にする。なぜならこの世界で名前というものは世界に刻まれたものだから。たとえ本人を目の前にしていなくとも、例え相手が幾重もの魔法によってその身を守っていても……真名さえわかっていれば世界を介していかなる干渉も行えてしまう。

だから、自身の名前は誰にも明かさないのが常識であり、その立場や状況に応じて仮名で呼び合うのが一般的になっている。それが凝ったものではなく簡素な固有名詞であるのは仮名が真名として世界に認識されてしまわないためとされていた。

「だけど、相手の名前を知らなければいつかは忘れてしまう……特に、その人が死んでしまった後なら」

だから人々は死語に名前を明かし、自らの存在を覚えていてもらう。歴代の勇者のような偉人であれば広くに知らされて後世までその活躍を伝えられる……あの人が見せた死者の栞もそのための物。

いつ死ぬかわからないような役目を負った人は予《あらかじ》めそれに真名を刻んで誰かに託す。それは刻まれた真名を介して世界と繋《つな》がっており、その真名の持ち主が死ぬとその封が解かれて名前が明かされるのだ………自分を覚えておいてもらうために。

「つまり勇者、君の持っているそれは聖女から託されたもので………開いているのか？」

ようやく理解が追い付いたという表情で騎士が尋ね
「うん」

あの人がそれに頷く。

その瞬間に、その場の全員が私へと猜疑《さいぎ》の視線を向けた。

「じゃあ、あれは誰だ？」

全員の気持ちを代弁するように騎士が尋ねる。

「あ、でも聖女って死んだふりをする奇跡を使ったんだよね？　それで死者の栞が開いちゃったってことは無いの？」

そこに武闘家がふと気づいた疑問を口にした。

「仮死は仮死であって本当の死ではない………死者の栞は真名を通して世界に繋がっているものでその繋がりが切れた時に封が解《ほど》ける。つまりそれが開いているということは世界がその対象の死を認めていると判断すべき」

それに魔法使いがすぐに答えてしまう。元より博識な彼女を前に下手な誤魔化《ごまか》しが利《き》くとは思っていなかったけれど、ほんの猶予《ゆうよ》さえ与えてくれないのは苦笑してしまう。

「ならばやはりあれは聖女ではないということか………だが身体《からだ》は聖女のもので間違いない

はずだ」

「それならやっぱり魔王ってこと?」

しかしそれに同意する声はすぐには上がらない。肯定できないくらいには私に聖女の面影《おもかげ》が見えていたのだろう。

「少なくともこの場の誰にも二つの魂は無いし、彼女は聖女のように見える」

それを否定する言葉をあの人は口にするが、その表情は否定しきれていないのだと如実に伝えていた。

「だけど、彼女が本当に聖女でないと証明する手段はある」

「勇者、それはっ⁉」

慌《あわ》てて騎士が止めようとするが、あの人は止まらなかった。


「ステラ、ステラ・エミーリア」

聖女の真名をあの人が口にする。魔力を込めたその呼び声は世界に語り掛けるもの。真名を介した世界からの干渉を防ぐ術はない。その先に告げられるであろう命令に、ステラという名の少女は逆らうことはできない。

「今ここで、真実を語ってほしい」

彼のその命令は確かに世界に届いた。

「勇者様、私は間違いなくステラ・エミーリアですよ」

私は確かな真実を口にする。

「おにーちゃん、それじゃあ意味がないよ」

そこに武闘家が口を挟む。

「命令は、本人が絶対に実行できないようなことじゃないと」

彼女の表情からは、いつものような子供らしさが消えていた。

「ステラ・エミーリア」

冷たい声で武闘家が告げる。なにを言おうとしているのか察したあの人は止めようとしたけれど、それよりも彼女が喋《しゃべ》る方が速い。

「自害して」

冷徹な命令が真名を介して世界から与えられる。ステラ・エミーリアは自らの命を絶てという命令に逆らうことはできない…………それに逆らうということは世界そのものに逆らうようなものであり、世界の一部である私たちに逆らうことは不可能だ。

それがステラ・エミーリア当人であれば、だが。

私はただ悲しい表情を浮かべてあの人を見た。それに彼は泣きそうな表情を浮かべ、他の皆は速やかに臨戦態勢に移行する。あの人さえ参戦しなければ勝ち目は充分にあると私の冷静な部分が告げている……だけどそうでない部分は素直に全てを話すべきだと感じていた。

「君は……魔王なのか？」

否定の期待の籠《こ》もった表情であの人が尋ねてくる。

「ええ、そうです」

けれどその期待を裏切って私は頷く。それに他の三人が即座に攻撃に移ろうとするが、私にまだ話すことがあると読み取ったからかあの人はそれを手で制してくれた。

「だけど、私は聖女でもある」

「……君に魂は二つない」

苦渋の表情で返すあの人に、申し訳なく私は思う。

「はい、ですがそれが事実です」

はっきりと私は告げる。

「私は聖女であって魔王」

魂は一つでもそれが事実。

「故《ゆえ》に、私は聖女でも魔王でもない」

今の私が何者であるかを、私は話し始めた。

始まりの、魔王であった頃《ころ》の私の記憶から。

魔王編

魔王として生まれたことに私には何の感慨も無かった。生まれたその瞬間から私はただ本能として定められている命令を実行するべく行動を開始したのだ……即ち、人類を害するための行動を。

魔王も魔族も……恐らく魔物すらも人を憎んでいるわけではない。そんな感情は最初から持ち合わせておらず、ただそうするように作られているから人類を害するだけだ。その行動は全《すべ》て人を害するためであり、身を守る行動も生命の危機を感じているわけではなく、単に損傷を負えば人を害するという行動を取れなくなるからにすぎない。

私たちは自分がなぜそういう存在として生まれたのかも知らない。そんな知識は創造主から与えられていなかったし、疑問に思うような感情も無かったからだ。故《ゆえ》に私は自分がどうやって生まれたかも考えることなく、ただただ人類を害するべく魔族や魔物へと指示を出していた。

そんな毎日の中で私は勇者の誕生を知った。それは別に最初から彼に対する特別な感情があったわけではなく、単に勇者は私の人類を害するという存在理由の最大の障害であるからその選別を監視させていただけだ。

しかし後から思えばその時点で私はおかしかったのだろう。なぜなら歴代の魔王たちはそんな行動を取ってはいなかった………最大の障害を監視することもなく野放しにし、ある日突然に城へと乗り込まれて彼らは敗北していたのだから。

そしてその後の私の行動も不合理極まりないものだった。なぜなら私はせっかく早期に発見できた勇者を成長する前に殺すことなく、その後も監視するだけに留めたのだ………当時は彼に何の感情も抱いてなかったはずなのに。

ともあれ私は人を害するよう魔族たちに指示を出しながら勇者の監視を続けたが、私から見て彼は非合理的の塊《かたまり》だった。魔王を殺すために旅立ったはずなのにまるで関係ない場所に行って魔物に襲われている村を助けたり、無関係の人間に旅のための資金から施しを与えたりと旅を遅らせるような行動を多々とっていた。

思えば私が明確に勇者個人に興味を覚えたのはこの頃《ころ》だったと思う。もちろん最初は何の感情も抱いておらず、彼が不合理な行動を取るのは私を殺したくない理由があるからであると推測し、それを利用すれば最大の障害を排除すると同時に人間に大きな打撃を与えられるのではないかと判断したからだった。

しかしいつしか私は朗らかに笑う彼の表情から目が離せなくなった。

非合理的な行動を取る彼が愛《いと》おしいと感じるようになった……その感情をいつから抱き始めていたのかは自分でもわからないが、明確に自覚したのは彼が大きな魔族の砦《とりで》を一つ落とした時だった。

そこを守っていた魔族の将は当時の勇者たちにとってかなりの難敵だった。しかしそれを倒したことでその辺りの魔族の勢力は一気に弱まり、魔王である私の下へ辿《たど》り着く旅も大きく縮まることになった……けれど、彼が喜んでいたのはそんなことではなかった。

強敵と戦い、それでも仲間に犠牲も大きな怪我《けが》がなかったことを喜んでいた。

自身が一番体を張ってもっとも傷ついているのに、その痛みを口にすることなくただその事実を喜んで笑っていた。

そんな彼を私はたまらなく愛おしく思い……私は溢《あふ》れ出た感情に戸惑って城の一角を消し飛ばした。

◇

勇者に対する感情が芽生えたことを自覚した私が最初に行ったのはその制御の仕方を見つけることだった。溢れ出る感情は魔王である私を確実に狂わせ、本来取るべきではない行動を取らせようとしていた………実際に幾度かはしてしまった。その当時の勇者を殺しうる魔族の将を衝動的に殺してしまった時は、魔王としての存在理由との乖離《かいり》に耐えられなくてもおかしくはなかった。

人間の生活の中にその解決法がないかと調べ、日記を書くことで感情の整理をするという方法を見つけた私はそれを実践することにした。その方法は確かに合理的で、自分の中にある感情を文章にすることで冷静にそれと対面することができた。しかし感情は抑えられてもそれは無くなったわけではない………むしろ日記はそのぶつけ先となり内容はかなり過激になってしまったと自分でも思う。

ともあれ芽生えた感情との付き合い方がわかった私は目的を定めることにした。人間について調べたことで自身に芽生えた感情が愛と呼ばれるものであることはわかっている。私はその感情を満たすために彼と結ばれることを目的と決めた。

最初に考えたのは私の身体《からだ》を人間のものへと変えることだった。彼が人間の勇者で私が魔王である限りいつかは彼を殺すか私が死ぬかしかない。彼と結ばれるという前提条件を整えるためにはそれ以外の方法は存在しないのだ。

しかし研究は進めば進むほど頓挫《とんざ》していった。生物を異なる存在へと変えてしまう魔法に関しては早々に成功した。それによりさらに凶悪な魔物を生み出すことはいくらでも可能になったし、人間を魔族に変えることもできた………しかしそれは不可逆だった。魔族を人間にすることはできなかったし、一度魔族にした人間を元に戻すこともできなかった。

理論に誤りは無く、けれど何度試しても結果は失敗だった。そうなるともはや理屈が同行ではなく世界の理がそれを否定しているとしか思えなかった。魔族は人を害するために作られた存在でありそれ以外に変わることは許されないのだと………この世界では定められた役割《ロール》を逸脱することは許されないらしい。

結論を出した私は自分の身体を人間に変えることを諦《あきら》めた。しかし人間になることを諦めたわけではない………だってそれを諦めたら勇者と結ばれることができなくなる。私は別の方法を模索すると同時に魔王らしい行動をもっと取るようにした…………つまり、人間をこれまで以上に害することにしたのだ。

意図したものではなかったが人間について学んだことで私はより効率的に人間を害することができた。基本的にこれまでの魔王は力推しというか戦略も何もなく魔物や魔族を放って人を襲わせているだけだったが、私は彼らの食糧や資源など必要な物を奪うことで間接的に苦しめる方法を選んだのだ………それは見事にうまくいき、人間たちはただ苦しむだけでなく同じ人間に向ける敵意を強くしていった。

勇者の旅が進むと同時に私の新しい研究にも目途が立った。それは私が人間になるだけなく勇者と知己《ちき》でない私が彼と早々に結ばれる可能性もある一挙両得の方法だった。私は人間たちへの侵攻を強めながらも勇者に対しては当たる戦力を調整した……教会についても調べていたので聖剣についての問題も概《おおむ》ね把握していたからだ。

魔王の責務を果たしつつ、勇者とその仲間をこの城まで招けば私の目的は達せられる。彼らが一年の旅を果てて城に辿り着いた時には準備は万端だった。念のために食糧も用意しておいたし見られて不味《まず》いものは隠した。城の罠《わな》も辿り着ける程度のレベルに抑えたし、残った魔族たちも効率よく全滅するよう配置してある。

後は、魔王としての役割を終えるだけ……私はやって来た勇者たちと対峙《たいじ》して殺し合いを演じる。本気ではあるが本気ではない。私は全力で戦いながらその内心で勇者の勝利を心から願っていた。彼に殺されることで私の魔王としての生が終わり、世界の理《ことわり》から解放されて新たに人生が始まるのだ。

そして目論見《もくろみ》通り私は勇者に殺され……憑依《ひょうい》の術式は理論通りに発動した。魔法使いは成功の可能性が低いと言っていたがそれは人間の魂を基準にしているからだ。確かに人間の魂ならば術式に耐えきれず霧散してしまっただろうが、魔王である私の魂は強靭《きょうじん》であり術式に耐えることができるのだ。

術式の対象としたのは聖女だった。勇者たちの関係性は事前に把握している。最初から勇者が好意を抱いている相手に私がなってしまえば知己を結んで感情を深め合う段階を省略してしまえる………私が人間になり勇者と結ばれる望みの両方を叶《かな》える一石二鳥の方法だった。

私が誤算だったのは聖女が事前に確認していた情報以上に優秀だったことだ。彼女は私が肉体に侵入すると即座に気づき、神に授《さず》けられた奇跡と称する魔法で私が肉体を奪うより先に魂を抑え込まれてしまった。

けれど流石《さすが》に聖女もそれが限度だったのかそのまま消滅させられることは免れた………しかしできることと言えば聖女に話しかけるくらいのこと。魂だけの状態でも魔法を使うことは可能だったが、発動する前に気づかれて容易《たやす》く妨害されてしまう。

それでも幸運だったのは聖女がすぐに周りを頼れなかったことだ。彼女は善良な人間ではあったが現実がちゃんと見えている。魔王を倒した喜びに浸る皆に水を差すことを躊躇《ためら》ったし、私に憑依されたことを話すのがリスクであることを知っていた。

結局のところ本当の意味で聖女が信用できるのは勇者だけだった。彼女は愛の告白のように見せかけて勇者を誘い、私のことを明かして相談するつもりだったらしい。

彼に知られてしまえばそれこそ終わりであり、私は必死で聖女を説得したが聞き入れられなかった………厄介《やっかい》なことに魂同士の会話では言葉にせずともその意図が伝わってしまう。いくら私が知恵を絞って彼女を謀《たばか》ろうが、言葉にしただけでそれが嘘《うそ》だとばれてしまうのだ。

いよいよ終わりかと私が諦めた時、現れたのは狩人だった。

彼女を見て私はチャンスが訪れたことを知った。勇者の幼馴染《おさななじみ》である彼女は仲間たちの中で一番弱い。その戦闘能力もそうだが、何よりも心が弱いのだ……私の精神魔法であれば抵抗もできないだろう。

私は聖女の気を散らそうかと考えたが、会話の流れを聞いて沈黙を選んだ。不条理な要求をわめき散らす狩人の対処に精一杯で彼女は私が黙っていることを疑問にも思わない。私が何をするでもなく会話は望んだ方向へと転がっていった。

聖女も冷静でなかったのはその内にいる私にはよくわかった。私という大きな不安の種を抱える彼女は狩人を冷静に宥《なだ》められるような精神状態ではなかったのだ。

「何もかも昔のようには戻れないんです……勇者様は、村に帰るべきではありません」

そうでなければ、不用意にそんな言葉を口にはしなかっただろう。決定的な言葉を突きつけられて狩人の心に黒い感情が溢れ出したのを私は感じた……しかしそれは殺意に繋《つな》がるほどではない。勇者と共に育った彼女も結局のところ彼に近しい倫理観を抱いているのだから。

故に、それをひと押しする。

沈黙した代わりに私はすぐさま精神魔法を唱えられるよう備えていた。とはいえ聖女の注意が私から離れていても魔法を使えば流石《さすが》に気づく、邪魔されずに行使できるのは精々初級の精神魔法程度……だが今の狩人相手ならそれで充分だった。
赤黒い闇《やみ》は盆より溢れて他者を汚す
その魔法が狩人の内の感情を殺意にまで膨れ上がらせた瞬間、聖女は私が魔法を使ったことに気づいた……それこそが致命的な失敗だった。本来なら防げたはずの狩人の一撃を無防備にも受けてしまったのだ。
それは致命的な一撃で、その瞬間に体の主導権を握っていた聖女の魂はひどく弱まり私の魂を抑えていた力も消えた……そのまま私は逆に聖女の魂を抑え込んで肉体の主導権を奪い取る。

◇

その身体は瀕死《ひんし》の状態ではあったがどうとでもする方法はあった。

聖女の肉体の延命に仮死を選んだのは時間を稼ぐためだった。身体の主導権を握った今であれば治療と同時に狩人を始末することなど容易いが、聖女として振る舞うには多少の時間が必要だと私は判断していた。

もちろん予《あらかじ》め聖女の肉体を奪うと決めていたからその口調や仕草《しぐさ》などは頭に入れてあるし演技の練習もしておいた。しかし彼女の持つ知識の範囲や監視ではわからなかった記憶の確認などが必要だ……その中に勇者と共通の記憶があったなら疑われる元になる。

勇者の性格を考えれば聖女の死体をすぐに荼毘《だび》にふそうとはしないはずだ。その間に私は聖女になり切る準備をして、適当なところで目覚めて狩人に殺されないために仮死になっていたと説明すればいい。

その頃には彼の仲間たちは勝手に同士討ちをして邪魔者が消えている可能性すらあるだろう。

「取引を、しませんか?」

そんなことを考えていた私に弱弱しい聖女の声が響く……そう言えば忘れていた。彼女の魂は抑え込んだだけでまだ消していない。ほんの少し前の私と立場は逆転して彼女は喋《しゃべ》ることしかできない状態だ。

記憶や知識は体に記録されているので聖女の魂は必要ない。しかしその取引の内容は確認しておくべきだと私は判断した。魂同士の会話に嘘は吐《つ》けない。故にその取引は聖女に利があるものだろうが、同時に私にも利があるものなのは間違いない。

「聞くだけは聞いてやろう」

あくまで聞くだけだ。いくら私に利があろうとも現状を覆すような取引を受けるつもりはないし、その内容に私だけ利を得うるような荒があれば躊躇いなくそれを突く…………その意思は聖女にも伝わったことだろう。

「構いません」

「ならば話せ」

時間に余裕はあるが無駄に使うつもりはない。

「いくら私を演じてもあなたは必ず魔王であると気づかれます」

「…………その理由は？」

私は自分の演技は完璧《かんぺき》であると判断していた…………しかし聖女は自身の意見が絶対であると確信しており、尋ねないわけにもいかなかった。

「それはあなたが人間ではないから」

「今は人間になっている」

「それは身体だけの話でしかありません」

「…………」

私は聖女の言葉を否定できなかった。確かに人間の肉体を手に入れても私の精神性は何も変わっていない。魔王であった頃と違い人間を害するべきという存在理由からは解放されているがそれだけだ……これまでと変わらず私は勇者以外の人間に対して何とも思わないし、平然で切り捨てることができるだろう。

しかし同時に私は完璧に聖女を演じることができるという自負がある。聖女の知識と記憶の確認さえ済ませてしまえば私は彼女そのものとなって勇者に振る舞えるはずだ。

「そもそも、あなたはそれでいいのですか？」

しかし聖女はそんなことを尋ねて来る。

「それで、とはどういう意味だ？」

その意図がわからず私は聞き返した。

「私として勇者と結ばれることが、です」

「意味がわからぬ」

私はそれを目的として聖女の身体を手に入れたのだ。

「現状で一番勇者に愛されていたのはお前だ……それならば、お前に成り代わるのが最も効率的に勇者と結ばれる手段だろう」

これは目的通りの結果なのだから、いいか悪いかならばいいに決まっている。

「それで納得できてしまうのは、あなたが人間になれていないからです」

「………」

私には理解できなかったが聖女には確信があり………そして理解できないことが聖女の言葉が正しいことを示しているのだろう。

「それではあなたの演技が完璧でもいつかはきっと露見する………心からではないその言葉にあの人は必ず気づくと思うから」

「私は心から勇者を愛しているぞ?」

確かに私はまだ人になり切れていないかもしれないが、それだけは間違いない。

「それは本当に人の持つ愛と同じものですか?」

「………それは」

答えられなかった。私の内に芽生えたものと他人の内にあるものを見比べることなどできない………ただ一つ確かなのは、目の前の女と私は決定的に違うということだけだ。

「なら、お前は私にどうしろというのだ………自分が表に出て勇者の相手をするとでも望むのなら許可などせぬぞ」

「もちろん、そんなことを望んではいません」

それは謀りではなく心からの言葉だった。

「ではなんだ」

「簡単なことです」

聖女の魂が私を見つめる。

「あなたと私が一つになればいい」

「なるほど」

それは合理的な提案だった。そもそも私という魂の根本が人と違っているのなら、人の性質を直接取り込んでしまえばいいだけの話だ。さらに私という存在が聖女と一体化するのだからそれは演技ではなく本物になる。

その結果私は私であって私でない存在となるが、それで問題が解決できるのなら許容できる範囲だった。

「しかしお前の利が薄いように思えるが」

私が即決で許容範囲と判断できたのもまだ人間ではないからなのだろう。しかし聖女は人間であり自己の保存への執着は強いはずだ……そもそもこの状況は聖女が望んでなった状況というわけでもない。本来なら私が消えて身体を取り戻すことを望んでいるはずだ。

「私は消えることもなく勇者と結ばれることができる……それ以上の利がありますか？」

「ふむ、それは理解できる」

この取引が流れれば私は即座に聖女の魂を消すだろう。同じ状況の私が肉体の主導権を奪えたのだから、聖女に同じ可能性が無いとは言えない……私はその可能性を許容できないし、そもそも彼女の魂を残しておく理由がない。

それであればその取引は彼女に充分な利があると思えた。ただ消えるはずだった自己を残すことができるのだし、愛する相手と結ばれることだって叶うのだ。

「よかろう、その取引を私は受ける」

そうして私は…………私たちは一つになったのだ。

◇

「後は勇者も知っている通り、私は元の聖女のままであるように振る舞って狩人の犯行を伝えた…………死者の栞《しおり》のことはうっかりしていましたね。これで勇者と結ばれることができると浮かれていたのかすっかり忘れていました」

その点に関して私は苦笑するしかない。聖女の魂と融合したことで私は人を理解できるようになったが、同時に人としての感情に再び振り回されることになった…………魔王であった頃には抑えられるようになっていたはずなのに、その感情までも倍増してしまったのか聖女がそういう人間だったのか本当にうっかりとしか言いようがなかった。

「聖女としての私も生きてはいるわけですし、作動しない可能性もあったと思うんですけどね」

それならば私の思惑通りことは進んだろうに、運が無かったのだろうか。

「それはあなたが自分で口にした通りのことが起こっただけ。あなたは聖女であり魔王であるがゆえに聖女でも魔王でもない存在となった……つまり世界はあなたを新しい生命として認識し、聖女も魔王もこの世に存在していないものと判断した」

だから死者の栞は機能した……相変わらず魔法使いは頭の回転が速いと私は思う。

「それで、全てが明るみに出た今お前はどうする?」

「なにもしませんよ」

騎士の質問に私は諦めたように肩を竦《すく》めた……もちろんあの人のことを諦めたわけではないが今は様子見だと私の中の合理的な部分が告げている。

話すべきことは話したし偽《いつわ》りは口にしていない。騎士たちの表情は明らかに私を排除するように傾いているが、あの人はそうでないだろう……だから、全て彼に委《ゆだ》ねる。

「全部、勇者に任せます」

私は穏やかにあの人へと告げた。

その答え次第では、あの人以外の全員を殺すことだってあるだろう。

勇者編

正直に言えば僕は世界中の人々を救うなんてことを考えたことはなかった。なぜなら辺境の村育ちで外との交流もほとんどないまま育った僕にとって、世界というのは自分のすぐ近くの小さな範囲のものでしかなかったからだ。

だから、勇者に選ばれた時もそんな気負いはしなかった。狩人は危険な役目だから受けるべきじゃないと僕を説得したけど、どうにも僕は自分に対する執着が薄いらしい。自分が少し辛《つら》い思いをして皆が助かるならそれでいいやと彼女の反対を押し切って勇者を引き受けた。

そんな僕の感覚は旅に出てからも変わらなかった。僕の小さな世界には新しく色々な人が加わっていくけれど、相変わらず僕には大局なんてものは見えない。

権力を持った人たちも僕のそんな単純さをわかっていたのか、魔王を倒す以外のことを僕に求めなかった。だから僕は魔王を倒しさえすればみんなが平和に暮らせるようになるのだと素直に信じていた。

それが違うのだと知ったのは魔王を倒した後のことだった……そりゃあ僕だって馬鹿《ばか》ではないから世界が平和になっても村に戻れないだろうことはわかっていた。狩人はそれをわからなかったのか、わかりたくなかったのか…………いずれにせよ勇者になってしまった僕はどこかの国に身を寄せなくてはならないことは感じていたのだ。

しかし世界というものは僕の想像以上に残酷なものだったらしく、聖女の死を皮切りに知りたくも無かった仲間や国々の事情が明るみに出ていった。魔王さえ倒せば世界は平和になると信じていたのに、倒したことで僕の小さな世界は崩壊してしまったのだ。

いや、世界のせいにするのは卑怯《ひきょう》だろう…………結局僕は馬鹿だったのだろう。僕にとっては小さな世界であったはずなのに、そんな小さな範囲のことを何も見ていなかったのだ。

僕がもっと狩人に対して真剣に向き合っていたら、仲間たちが隠している事情を察することができていたら…………きっとこんなことにはならなかったのだから。


「全部、勇者に任せます」

そしてその最後通牒のように聖女がそう僕へと告げる。穏やかでありながら悲壮にも見えるその表情は、僕の答え次第でその命が失われる可能性を知っているからだろう…………そしてそんな表情を彼女にさせたのも僕なのだ。

僕が死者の栞《しおり》のことなど忘れて黙っていれば…………きっと何もかも元通りになっていたのだろう。僕は聖女と共に教会に行って、仲間たちもそれぞれの国へ帰って戦争なんて起こらないつかの間の平和が訪れたはずだ。

それでも僕はその選択をぶち壊した……幼馴染《おさななじみ》の狩人を今更見捨てられなくて。彼女が助かる可能性のために聖女を告発した。

「僕は………」

そしてそのために再び何もかもが壊れようとしている。いっそ聖女が魔王であってくれれば彼女を全《すべ》ての悪として片を付けることができたかもしれない……だけど、僕は確かに彼女の中には聖女が息づいていることを感じていた。

しかし僕がどう思ったところで今の彼女の存在を教会や各国は許さないだろう。それどころか下手をすれば彼女の存在が戦争の火種になりかねないし、何よりもこの場で騎士や魔法使いたちが許しそうにない……明らかに、彼女へ向けられている殺意は高まっていた。

そして、そしてだ。仮に騎士たちが聖女を殺したとしても……問題が全て解決するわけじゃない。僕が戦争の火種であることには変わりないし、騎士や魔法使い、それに武闘家が国から受けた命令が変わるわけじゃない……僕への感情も。

恐らく、これから始まるのは僕以外による殺し合いだ。

皆は僕に免じて一度は仲間の排除を思い留《とど》まってくれたけど、結局のところ全員が幸せになれないことを知っている………だから、彼女の排除を契機にそうなる可能性は高いように思えた。

それも多分、自分が一番僕を守れると………幸せにできると判断するからだ。

何なんだろう、この状況は………なんでこんなことになってしまったのかと僕は思う。

僕はみんなのために世界を平和にしたかっただけだし、みんなも僕を幸せにしてくれようとしていたはずだ………それがこの結果なのだから理不尽極まりない。


ああ、本当に理不尽だ。

心から僕はそう思う。確かに僕は自分に対する執着が薄いし、自分が損することはあまり気にならない………だけどそれにも限度はあるのだ。聖剣による加護のおかげかそれを抑えることは容易《たやす》いけれど、今はその感情のままにぶちまけたほうがうまくいく………馬鹿馬鹿《ばかばか》しいことに、それが最善の方法だと今気づいた。


「やってられるかっ！」

だから僕は心から溢《あふ》れる感情のままにそう叫ぶ。今のこの状況全てに、決して平和が訪れないこの世界に…………僕らを苛《さいな》む理不尽の全てへ憤りをぶつけた。

「ゆ、勇者?」

初めて聞かせた僕の怒声に騎士が戸惑って僕を見る。魔法使いは目を丸くしていて、武闘家の腰は少し引けていた…………彼女もなにが起こったかわからないように僕を見ていて、狩人も僕を初めて見るような表情を浮かべていた。

「僕はただ、それで世界が平和になるなら、みんなが幸せになれるならって痛いのも苦しいのも全部我慢したんだ！　魔物だって魔族だって別に殺したかったわけじゃない！　僕は別に強くなりたくて聖剣の加護に耐えてきたわけじゃないんだよっ！」

僕の怒気に呑《の》まれて殺気が消え失せたのを確認して、さらに僕は思いのたけを口にする。何もなければ僕だって平穏に暮らしていたかったに決まっているのだ。

「それで得たのがこの結果？　そんなのやってられるか！　世界の全てが平和にならなくても、せめて僕の見える世界くらいは平和になったっていいだろ！」

善意に必ずしも見返りがあるとは限らない…………それでも、僕は少しくらい見返りを求めてもいい立場のはずだ。世界のために好みをなげうって、望んだ平和がやって来ないどころか守りたかったものが殺し合うとかマイナスにも程がある。

「…………」

僕が一息ついて押し黙ると、部屋には沈黙が訪れた。騎士も魔法使いも武闘家も、狩人も何も言えないまま困った表情で僕を見るだけだった。

「勇者、それは………無理です」

その沈黙を破ったのは魔王であり聖女でもある少女だった。彼女は困った子供を見るようで慈しむような表情を僕へ向け、言い聞かせるように僅《わず》かに首を傾ける。

「今の私の存在を彼女らは………人々は許しません」

「知ってる」

「彼女らの持つ事情や感情に妥協点はありません」

「知ってる」

だから殺し合い寸前に陥《おちい》ってる。

「そして妥協点が見つからないのは………そもそも勇者、あなたが原因です」

「それも、知ってる」

結局は全てその一点に集約される。

「みんな僕を………僕なんかを好きでいてくれるから」

だから妥協できない。本来であればそれでもみんなは僕の幸せを優先して聖女に託してくれた………けれどその聖女は聖女でなくなってしまった。もはや僕を自分が幸せにするしかないとみんなは思っているし、自分の感情を抑える理由は無くなった。

「でもね、だからこそたった一つだけ解決策があるんだ」

意識して僕は明るい声を出した。その落差に皆がまた一瞬思考に空白を作る…………その隙《すき》に僕は彼女との距離を縮めてその唇を奪った。


「「「「!?」」」」


されている本人も含めてその場の全員が動揺を露《あら》わにする…………いや、されている彼女は一際《ひときわ》顔を真《ま》っ赤《か》にして感情の暴発に耐えられなくなりそうな表情だった…………その感情がオーバーヒートしてしまうまで僕は唇を奪い続けた。

「ゆ、勇者！　君は一体何をしてるんだ！」

僕が最初のキスを終えて彼女がくたりと床にへたり込んだところで、ようやく状況に理解が追い付いた騎士が叫ぶ。

「何って見ての通りだよ」

僕はにこりと答えてそんな騎士の下へと歩み寄る。皆を冷静にさせてはいけない。その動揺が抜けぬままに全てを執り行う必要があった。

「それはつまり、君は彼女を選んだということか？」

「こういうことだよ」

僕は騎士へと背伸びをして唇を奪う………反射的に騎士が身を引こうとしたので両手でしっかりと背中を押さえて捕まえた。最初は困惑していた騎士だったが少しすると、強張《こわば》った力が抜けた………そして完全にその力が無くなったところで僕は顔を離す。次は魔法使いだ。

「あなたの考えは何となく予想できるがこういうことは段階を踏むべき!?」

「そういうのはどうでもいい」

早口でまくし立てる魔法使いの口を僕は自分の口で塞《ふさ》ぐ。彼女は混乱したように僕の背中をポンポンと叩《たた》いたが、顔を離そうとはしなかった。騎士に比べて小柄なその身体《からだ》を落ち着かせるように抱きしめてあげると、安心したように彼女は身を委《ゆだ》ねてきた………しばらくしてすっかり力の抜けた様子の魔法使いを床に優しく座らせる。

「さて」

次は武闘家と視線を送ると目が合った。勢いのままにすませてしまいたかったが流石《さすが》に四人目ともなれば動揺から立ち直る時間がある。武闘家の身体能力なら僕相手だって逃げようと思えば逃げられる、そして今は説得に言葉を挟みたくは無かった。

「………」

無言で武闘家と見つめ合う。その視線が何かを期待するものだと感じられたので、僕は彼女に向けて手を広げた。

「おいで」

「！」

文字通り僕の胸へと武闘家が跳び込んで来たので、その小さな身体を抱き上げて僕は唇を重ねた。その勢いのままにくるくると回りながら僕と武闘家はキスを続けて………勢いがなくなると彼女を床へ下ろした。

「狩人」

そして最後に残った幼馴染の下へ足を向ける。泣きそうというか彼女は泣いていた。思えば僕が聖女の正体を暴《あば》いてからずっと狩人は発言していない………する資格が無いと自分で思っていたからだろう。

「勇者君、私は………」

「狩人にとって僕は弟？」

「………違う、と思う」

「ならいいや」

僕はそのまま狩人の唇を奪う。

これで全員、誓いの口づけを僕は終えた。

エピローグ

盛大な音を立てて魔王の城が崩れていく。それはいつか城の地下で魔法使いが危険だと説明してくれた行為、城中に魔力を張り巡らせていた装置を暴走させた結果だ。さらに付け加えるならそれだけでは足りないといくつもの魔法を連鎖的に反応するように魔法使いと魔王でもある彼女が城中に仕込んでいた。

そんなわけで轟音《ごうおん》が鳴りやむ頃《ころ》には魔王城は完全な瓦礫《がれき》の山となっていた。

「これで勇者御一行は魔王と相打ちになった」

あの後に皆で決めた筋書きを僕は口にする。これだけの山であれば僕らの死体の痕跡を見つけようとしてもほぼ不可能であり、そのうえ僕らの連絡が途絶えたと気づいてから大陸の辺境に位置する魔王領まで調査団を派遣するのには相応の時間がかかるだろう……………つまり逃げる時間は充分にある。

「勇者、本当にこれでよかったのか？」

その光景を眺めながら騎士が呟《つぶや》く。

「もちろんだよ。故郷には戻れないけど…………僕にとっては最上の結果だと思う」

なにせ誰《だれ》も死なずに済んだのだ。

「しかしなあ、王国の法からも外れるし…………」

「それなら騎士は一人でここに残るべき」

「別に私は嫌とは言っていない…………色々勇者の負担を考えてだな」

騎士と魔法使いがいつものように言い合うが、そのやり取りもどこか柔らかくなったように思える。

「でも、僕たち全員をお嫁さんなんて大変だよ？」

そんな二人を眺める僕に横から武闘家が話しかける。

「頑張るよ」

全員にキスをした僕はその後全員を娶《めと》ることを宣言した。色々な事情が加わってはいたけど根本的な原因はみんなが僕を愛してくれていることだったのだから…………それなら全員僕が娶れば争う必要は無くなるはずとあの時の僕は思ったのだ。

もちろんそれで解決しない問題はいくつもある。法で重婚が禁止されていることは別にしても今の聖女の状態や僕が戦争の火種である問題など…………だから話し合ってとりあえず死を偽装することにしたのだ。

勇者一行は魔王と壮絶な戦いを繰り広げた結果相討ちとなって全滅。どの国も勇者を擁しないことでその戦力を当てに戦争を起こすことはできなくなるし、勇者一行が命と引き換えに魔

王を打倒したという事実は人々にその平和の貴重さを思い起こさせるだろう……これで戦争が起きなくなるとは言わないが、起こしづらい世論にはなるはずだ。

とはいえ僕を殺して戦乱にしたかった傭兵《ようへい》王の話もあるし、魔王がやり過ぎたせいで国々の疲弊は大きい……すぐにではなくても戦争の火種は燻《くすぶ》り続けることだろう。

「でもまあ」

僕の小さな世界の平和はとりあえず保たれた。

「勇者君、荷物整理しておいたよ」

「うん、ありがとう」

黙々と城から運び出していた物資を整理していた狩人に僕は感謝を述べる。これからのことが決まってから彼女は率先して雑務をこなしていた……魔王の一押しがあったとはいえ事件の元凶である狩人と皆の関係は微妙なものだ。それでもこれまでの旅と違って彼女は歩み寄ろうとしてるように感じられた。

「あの、勇者君」

「なに？」

「ちょっと聞こえてたんだけど、本当に大丈夫？」

「……みんなそんなに心配なの？」

確かに人数は多いし自信があるわけじゃないけど……全員を公平に愛すると僕は決めた

のだ。もちろんあの場を納める方便が交じっていなかったかと言われれば否定はできないけれど、僕はみんなに幸せになってほしいと願っているしそのための努力は怠らないつもりだ。

「その、体力的な問題とか」

「僕、勇者だよ？」

人類屈指の体力だと自負できるレベルだ。

「えっと……夜の、運動とかも？」

顔を真《ま》っ赤《か》にして言葉を濁しながら狩人が口にする。それは確かに考えていなかったが……確かに全員を愛すると決めたのだから考えるべきことだった。

「が、頑張る」

けれどとりあえず今言えるのはそれだけだった。

「ちょっといいですか？」

聖剣の強化がどこまで働いているのか真剣に検討する僕にまた声が掛かる。見やれば聖女の姿をした彼女が歩み寄っていた。

「わ、私お昼の用意するね！」

慌《あわ》てて狩人が離れていく。加害者であり被害者である二人の関係は微妙なものだ……これも僕が何とかするべき問題だろう。

「ええと、なに？」

聖女であり魔王である少女に僕は尋ねる。

「それ、です」

ふんわりとした笑みを浮かべて彼女はそう言う。

「それって？」

「私の名前ですよ。呼び方、困ってますよね？」

「それは……………うん」

何せ今の彼女は複雑な存在だ。

「仮名も決めなくちゃね」

「その前に決めてほしいものがあるんです」

「その前に？」

「私の真名《まな》を」

「⁉」

流石《さすが》に僕は驚くが、彼女は静かに続ける。

「私は聖女であり魔王で…………だからそのどちらでもない存在になりました。知っての通り聖女の真名はもはや私のものではありませんし、魔王のものも同様です」

つまり今の彼女には名前がない。それは聖女の真名による干渉に反応しなかったことからも明らかだ。

「それで僕に？」

この世界の真名は世界そのものに刻まれたものだ。それは他者に知られれば容易《たやす》く悪用されてしまうものではあるが、だからと言って名付けないという選択肢はない。なぜなら名前の無い存在は簡単に名付けができてしまう…………悪意ある誰かに名付けられれば望まぬ名前にされた上に真名を握られることになる。

「自分で決めることもできるはずだけど」

「それでも、私はあなたに決めてほしいんです…………新しい私たちの門出として」

聖女のようであり、そうでないような笑みで彼女が僕を見る。

「門出、か」

確かにこれは僕にとっても新しい門出だ。子が親に将来を祝福されて真名を与えられるように、これからの僕たちの道先も祝福されたものであるべきだ…………そうして見せる。

「うん、わかった」

頷《うなず》いて僕は思考を巡らせる。

彼女の、そして僕たちのこれからを祝う新しい名前を。

あとがき

初めましての方は初めまして、お久しぶりの方はまた手に取って頂いてありがとうございます。火海坂猫《かみさかねこ》でございます。またこうして楽しくも何書くか考えるのが面倒なあとがきを書けてほっとしている今日この頃であります。しかも今回はあとがきを好きなだけ書いていいよというありがたいお言葉を編集様から頂いていたりして嬉しい悲鳴です。特に自己主張のある人間でもないので目的もない空白を渡されると困ってしまいますね。

そんなわけでとりあえず本編に触れておくとして、今回のお話はミステリーと書いてあるような気もしますが広義の意味ではラブコメになります。主人公のこと（だけは）大好きなヒロインがキャッキャウフフしてるお話だし間違ってはいないはず。時おり赤いものが舞い散るのはたぶん愛嬌《あいきょう》です。

さて、少し創作の話になりますが私は目的が定まっていると書くのは早いタイプですが、定まっていないと書けません。ですのでお話も大抵はラストが最初から決まった状態でそこに繋がるよう書いていきます。良い設定やキャラだけ浮かんでも話の着地点が見えずに構築できずじまいの話も結構あります。試しに行き当たりばったりで書き始めてみたこともあるのですが概《おおむ》ね途中で詰まって頓挫《とんざ》してしまいます。やはり進む先が見えていないとキャラクターも思うように動いてくれないです。

そしてそんな話をしながらも、今回の話のラストは全体を書いてから二転三転して今の形になっていますので創作って難しいですね。

そういえば今作もその話もこれまでの作品と違って一人称で書いてますが、やっぱり三人称のほうが書きやすいですね。どうしても視点のキャラの心情を細かく書かないといけないので場面転換できるキャラが限られるというか、敵側とか黒幕視点がやりづらい。できる限り一人称では書かないぞと決意表明。

さて、とっ散らかったあとがきになりましたがそろそろ締めます。素晴らしいイラストを提供してくださった華葡《かぶ》。様、日頃よりお世話になっております担当様、そして購入してくださった皆様。

ありがとうございました！

ファンレター、作品の
ご感想をお待ちしています

〈あて先〉

〒105－0001
東京都港区虎ノ門2-2-1
SBクリエイティブ（株）
ＧＡ文庫編集部 気付

「火海坂猫先生」係
「華葡。先生」係

本書に関するご意見・ご感想は
右の QR コードよりお寄せください。

※アクセスの際や登録時に発生する通信費等はご負担ください。

https://ga.sbcr.jp/

マーダーでミステリーな勇者たち

発　行　　2024年 2月29日　初版第一刷発行
著　者　　火海坂猫
発行者　　小川　淳

発行所　　SBクリエイティブ株式会社
〒105-0001
東京都港区虎ノ門2-2-1

装　丁　　FILTH

印刷・製本　中央精版印刷株式会社

ISBN978-4-8156-1644-1
Printed in Japan　　GA 文庫

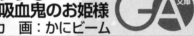

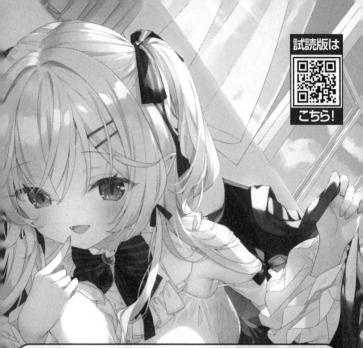

試読版は
こちら!

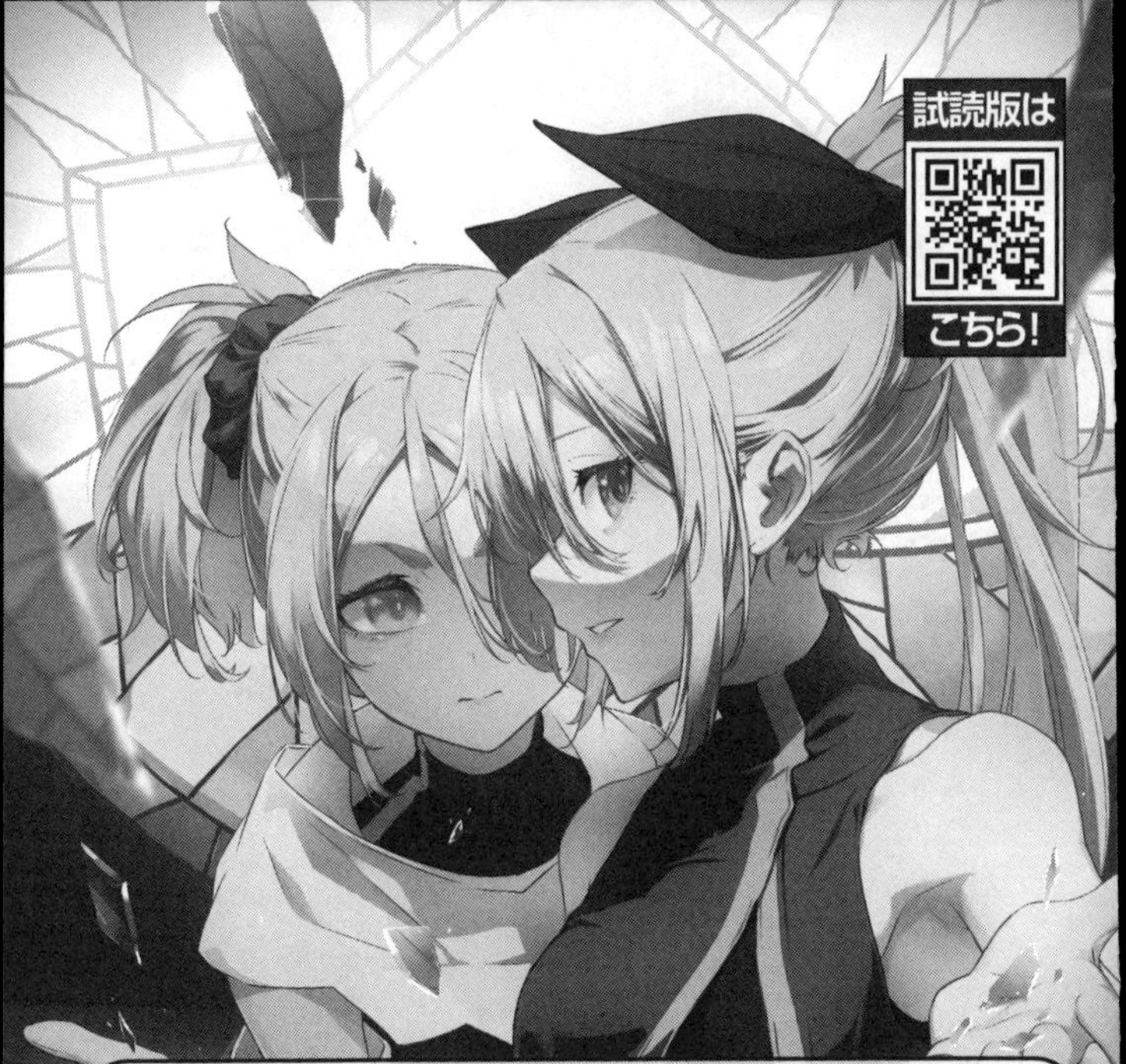
試読版は
こちら!

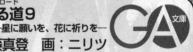

異端な彼らの機密教室1　一流ボディガードの左遷先は問題児が集う学園でした

著：泰山北斗　画：nauribon

GA文庫

海上埋立地の島に存在する全寮制の学校、紫蘭《しらん》学園。その学園の裏側は、様々な事情により通常の生活が送れない少年少女が集められる防衛省直轄の機密教育機関であった。

戦場に身を置くボディガード・羽黒潤《はぐろじゅん》は上層部の意に反して単独でテロを鎮圧した結果、紫蘭学園へ左遷される。生徒として学園に転入した潤だが、一癖も二癖もあるクラスメイトが待ち受けていて――

学生ながら"現場"に駆り出される生徒たち。命の価値が低いこの教室で、伝説の護衛は常識破りの活躍を見せる!?

不遜×最強ボディガードによる異端学園アクション開幕！

クラスのぼっちギャルをお持ち帰りして清楚系美人にしてやった話6

GA文庫

著：柚本悠斗　画：magako　キャラクター原案：あさぎ屋

ひと時の別れがお互いを成長させ、また感情の整理がついたことで、晴れて恋人として結ばれた晃と葵。

ある日、習慣となっている電話中に修学旅行の話題になると、偶然にも行き先が同じことが判明。二人は自由行動を共に回ろうと約束する。

観光名所や和菓子屋巡り、着物姿で町歩き……泉と瑛士、そして転校先の学校で出来た友人・梨華と悠希も交えて、一行は京都の町を満喫。

受験シーズンを来年に控え、遊び歩けるのもあと少し。楽しい時間を過ごしながらも、やがて来たる将来を見据え、二人の時間もゆっくりと動き始めていく。出会いと別れを繰り返す二人の恋物語、未来に歩み出す第六弾！

落第騎士の英雄譚《キャバルリィ》19

著：海空りく　画：をん

GA文庫

「では『母体』から不要なステラ・ヴァーミリオンの人格を削除する」

『完全な人類』を生み出すための母体として、《大教授《グランドプロフェッサー》》カール・アイランズに拉致されたステラ。彼女を救うべく、一輝と仲間たちはアイランズが待ち受けるラボを急襲する。しかし、なみいる強敵を斬り払って囚われのステラのもとにたどり着いた一輝たちを待っていたのは、残酷な結末だった。

《落第騎士《ワーストワン》》一輝と《紅蓮の皇女》ステラ。剣で惹かれ合った2人、その運命の行方は――!?

「――僕の最弱を以て、君の最愛《あこがれ》を取り戻す!!」

最終章クライマックス！　超人気学園ソードアクション、堂々完結!!

第17回 GA文庫大賞
GA文庫では10代～20代のライトノベル読者に向けた
魅力溢れるエンターテインメント作品を募集します！
書く、その先へ。
イラスト／はねこと
大賞賞金300万円＋コミカライズ確約！
◆募集内容◆
広義のエンターテインメント小説（ファンタジー、ラブコメ、学園など）で、日本語で書かれた未発表のオリジナル作品を募集します。希望者全員に評価シートを送付します。
※入賞作は当社にて刊行いたします。詳しくは募集要項をご確認下さい。
全入賞作品を刊行までサポート!!
応募の詳細はGA文庫公式ホームページにて
https://ga.sbcr.jp/